Ma chère amie Melis,

que cette année 2015
t'apporte plein de bonnes
choses et de voyages !
Je suis ravie de commencer
l'année à tes côtés, à
Londres, cette ville qui
te ressemble autant !
J'espère que ce livre te
mettra dans l'ambiance
pour le voyage au Brésil !
Feliz Ano Novo !

Mariana

Jorge Amado

Le Pays du Carnaval

Traduit du portugais (Brésil)
par Alice Raillard

Gallimard

Titre original :

O PAÍS DO CARNAVAL

© *Jorge Amado, 1931.*
© *Éditions Gallimard, 1990, pour la traduction française.*

Jorge Amado est né en 1912 à Ferradas, dans une plantation de cacao du sud de l'État de Bahia. Toute son enfance est marquée par la rudesse de cette « terre violente » que les planteurs se disputent arme au poing. C'est à Bahia qu'il commence ses études. Il s'enfuit à treize ans d'une école religieuse, pour courir la campagne. À quinze ans, il travaille dans un journal. Puis il part à Rio de Janeiro où il publie, en 1931, alors qu'il n'a que dix-neuf ans, son premier roman *Le Pays du Carnaval* et, un an après : *Cacao,* qui le classe parmi les écrivains les plus populaires du Brésil. Il travaille alors avec le grand éditeur José Olympio, fait du journalisme, voyage dans toute l'Amérique latine, publie ouvrage sur ouvrage et s'engage politiquement de plus en plus. En 1936, à la veille de la dictature de l'Estado Novo, et alors qu'il est devenu docteur en droit, il est emprisonné et ses livres sont interdits. L'année suivante, après *Mar morto* qui lui avait valu le prix Graça Aranha (le Goncourt brésilien), il ferme le cycle de ses romans de Bahia avec *Capitaines des sables.* En 1941, il est contraint de s'exiler en Argentine, mais il peut regagner le Brésil quand son pays se range aux côtés des Alliés contre l'Axe. Il y reprend son activité politique et littéraire. En 1945, membre du parti communiste, il est élu député national à São Paulo. C'est de cette époque que date *Les chemins de la faim.* En 1948, au moment de l'interdiction du parti communiste, il doit de nouveau s'exiler. Durant cinq ans, il visite Paris — où il se lie d'amitié avec Picasso, Aragon, etc. — puis la Tchécoslovaquie, l'U.R.S.S. Il écrit *Les souterrains de la liberté,* rentre au Brésil en 1953, voyage sans arrêt pendant trois ans puis, dès 1956, consacre tout son temps à la littérature. Jusqu'en 1984, il publiera ainsi encore une dizaine de romans, dont la plupart ont été adaptés pour la télévision brésilienne, ou portés à l'écran. Très populaire au Brésil où elle atteint des tirages considérables, l'œuvre de Jorge Amado est en outre traduite dans le monde entier, en près de cinquante langues.

En 1984, Jorge Amado a été fait commandeur de la légion d'honneur par le président Mitterrand.

En 1990, il a obtenu le prix Del-Duca pour l'ensemble de son œuvre.

Il est décédé en août 2001.

AVERTISSEMENT

Publié au Brésil en 1931, Le Pays du Carnaval *est le premier roman de Jorge Amado. Jusqu'à une date récente, cette « œuvre de jeunesse », écrite à dix-huit ans, n'avait pu être lue qu'en portugais selon le vœu exprès de son auteur. Ce n'est qu'en 1984, et sur les instances du Pr Luciana Stegagno Picchio, que Jorge Amado accepta, à titre exceptionnel, que ce livre paraisse en Italie, dans une édition spéciale réalisée à l'occasion de son anniversaire. À la suite de quoi il a bien voulu m'autoriser à traduire à mon tour ce livre ancien. Qu'il en soit remercié.*

A. R.

À mon père
et
à la mémoire de
João Evangelista de Oliveira

I

Entre le bleu du ciel et le vert de la mer, le navire cingle droit sur le vert et jaune de la Patrie. Trois heures de l'après-midi. Air immobile. Chaleur. Sur le pont, parmi des Français, des Anglais, des Argentins et des Yankees se trouve tout le Brésil (*Evoé !* Carnaval !)

Riches fazendeiros de retour d'Europe où ils ont couru églises et musées. Diplomates qui font penser à des mannequins de mode masculine... Gros politiciens imbéciles, leurs maigres et imbéciles filles et leurs imbéciles fils docteurs.

À l'arrière, les yeux pleins du mystère des eaux, une Française belle comme ce qui coûte cher, aventurière rodée que l'on disait connaître tous les pays et toutes les races — ce qui revient à dire qu'elle connaissait toutes sortes d'hommes —, tolère avec un sourire condescendant la cour juliodantesque

11

d'une douzaine de fils de famille brésiliens et argentins :

— Vous êtes belle, mademoiselle...

— Je donnerais ma vie pour la vôtre...

— Un signe de vous et je me jette à l'eau !

— Je voudrais que le navire fasse naufrage pour vous prouver combien je vous aime...

Tout ça était dit en mauvais français, un mauvais français à faire envie aux garçons qui lisent Dekobra et ont pour Tiradentes une grande passion patriotique.

Tous ces gens transpirent dans leurs élégants vêtements épais, faits à Paris et à Londres, au grand prix.

Tous, moins la Française qui porte une simple robe de mousseline blanche. Elle est belle, c'est vrai. Des yeux verts comme la mer et une peau très blanche. Rien d'étonnant à ce que ces Brésiliens et Argentins tropicaux dépensent pour elle leur rhétorique *si précieuse à la Patrie.*

Au premier plan, un sénateur, un fazendeiro, un évêque, un diplomate et l'épouse du sénateur conversent dans la bonne paix bourgeoise de ceux qui possèdent le royaume de la terre et ont la certitude d'acheter celui des cieux.

— Oui, dit le fazendeiro, la récolte a été honnête. Mais les prix...

— Allons, colonel, vous voulez me faire croire ?... Même au prix où il est, le café continue à donner des bénéfices fabuleux... C'est la richesse de São Paulo et du Brésil.

— Précisément parce que le Brésil c'est São Paulo ! lança l'épouse du sénateur, exaspérante de chauvinisme.

— Oh, minha senhora ! Pardonnez-moi si je ne partage pas l'avis de Votre Excellence, mais...

C'était le diplomate qui parlait. Secrétaire d'ambassade à Paris, son premier emploi au service de la Patrie n'avait laissé encore aucune trace. Il était né à Bahia et portait dans son sang et ses cheveux la marque des débauches de ses aïeux portugais avec des aïeules africaines.

— ... mais il y a d'autres grands États... Regardez Bahia, minha senhora. Bahia, V. Exc., produit de tout... Cacao. Tabac. Haricots noirs. Et elle produit des hommes, minha senhora, de grands génies... Rui Barbosa était bahianais...

— Mais aujourd'hui, docteur...

— Oh ! minha senhora, ne me dites pas... Aujourd'hui encore il y a de grands talents...

Et l'évêque, conciliant :

— Le docteur en est lui-même la preuve...

— Une amabilité de monseigneur l'Évêque... L'Église toujours charitable...

Avec l'autorité que lui donnait sa position, le sénateur résuma toute la conversation :

— C'est le pays qui a le plus d'avenir au monde !

— Parfaitement ! dit un garçon qui était arrivé à l'instant. Monsieur vient de définir le Brésil. (Le sénateur sourit avec suffisance.) Le Brésil est le pays vert par excellence. Plein d'avenir, plein d'espérance... Il n'a jamais dépassé ça... Vous, Brésiliens, vieux ou jeunes qui avez été ou qui êtes *l'espoir de la Patrie*, vous rêvez du futur. « Dans cent ans le Brésil sera le premier pays du monde. » Je parie que ce détestable chroniqueur, Pero Vaz de Caminha, eut cette même phrase lorsque Cabral trouva, par hasard, le pays qu'il était venu expressément découvrir.

— Non ! protesta le diplomate, portant d'un geste grandiloquent la main à sa poitrine. Aujourd'hui, tout étranger connaît, grâce à notre corps diplomatique — modestie à part —, le grand, l'éminent Brésil !

— En attendant, cette petite Française qui connaît le monde entier, qui a déjà eu une maison de *rendez-vous** à Pékin, qui a eu des Noirs pour amants à la Colonie du Cap et qui a gagné de l'argent à Monte-Carlo, pense

* Les mots ou expressions en italique suivis d'un astérisque sont en français dans le texte.

qu'elle vogue vers un pays appelé Buenos Aires, qui a pour capitale le Brésil, une ville où la population vit en pagne. Et je peux vous affirmer, monseigneur, qu'elle s'y rend précisément pour pouvoir vivre elle-même en pagne, car elle est primitiviste.

— Elle est immorale, ça oui.

— Elle va avoir une déception, pauvrette !

— Mais, docteur Rigger, au moins du point de vue religieux, le Brésil a beaucoup progressé. Aujourd'hui...

— Aujourd'hui, la superstition domine. Dans le Nord, monseigneur, la religion est un mélange de fétichisme, de spiritisme et de catholicisme. D'ailleurs je ne crois pas que le Christ ait prêché de religion. Le Christ fut seulement un Juif romantique révolté. C'est vous, les Prêtres et les Papes, qui avez fait la religion... Mais si vous pensez que cette religion est dominante au Brésil, vous vous trompez. Il y a une falsification africaine de cette religion. La macumba, au Nord, remplace l'Église qui, au Sud, est remplacée par les loges spirites. Au Brésil la question de religion est une question de peur.

Scandalisée, l'épouse du sénateur se signait. Le diplomate affichait un sourire vide. L'évêque, qui était intelligent, voulut protester. Il n'en eut pas le temps. Un garçon de bord agitait une énorme clochette, sonnant pour le repas.

Et tous obéirent à Sa Majesté l'Estomac.

*

Sur le pont, Paulo Rigger s'abandonna à ses pensées. Il était de retour au Brésil après sept ans d'absence. Alors qu'il était encore au collège, il avait perdu son père, richissime fazendeiro de cacao au sud de l'État de Bahia : l'ultime volonté du vieux Rigger avait été que l'on envoie *son garçon* se former en Europe. Ainsi, ses études secondaires terminées, Paulo prit la direction de Paris afin d'y décrocher une bague de bachelier. Le vieux Rigger voulait son fils diplômé. Mais il était déjà très banal d'obtenir un titre au Brésil. Ne pouvait réussir qu'un docteur d'Europe.

À Paris, comme il est naturel, Paulo Rigger fit de tout, sauf étudier le droit. Son titre en poche, c'était un *blasé**, contaminé par toute la littérature d'avant-guerre, un esprit fort qui avait des amis parmi les intellectuels et fréquentait les cercles de journalistes, faisant des phrases, discutant, apportant toujours la contradiction.

L'*attitude opposée* était toujours la sienne. Il n'était pas arrivé, très français qu'il était, à

16

trouver une base à sa vie. Il n'avait pas de philosophie et *blaguait** l'esprit de sérieux de la génération qui apparaissait. Il disait que l'homme de talent n'a pas besoin de philosophie.

À vingt-six ans, c'était le type du cérébral, presque indifférent, spectateur de la vie, ayant perdu depuis longtemps le sens de Dieu et n'ayant pas trouvé le sens de la Patrie.

Froid, il ne s'émouvait pas. Il avait des plaisirs différents : il aimait être contre les idées de ses voisins de table et avait le goût d'étudier les âmes.

Il avait couru tout Paris, des salons les plus aristocratiques aux cabarets les plus sordides, dans la volupté de fouiller les âmes, de mettre à nu les sentiments, de les étudier...

Ainsi, pensait-il, le jour où il y aurait « une aventure » dans sa vie, il serait préparé à l'affronter, à l'étudier, à la disséquer. Il portait monocle, parce qu'on disait que le monocle était déjà passé de mode. Il avait appris à Paris à s'habiller avec beaucoup d'élégance et à satisfaire tous ses désirs.

Sybarite, il avait pour ses instincts une quasi-adoration. Il connaissait ainsi tous les vices. Dans son regard las, très triste, semblait vivre la tragédie de l'homme qui a épuisé toutes les voluptés et ne s'en est pas satisfait.

Sur ses lèvres fines flottait toujours un sourire mauvais, sarcastique, qui agaçait.

Il ne croyait plus au bonheur. Au fond, pourtant, Paulo Rigger sentait qu'il était un insatisfait. Il comprenait que quelque chose manquait à sa vie. Quoi ? Il ne le savait pas. Ça le torturait. Et il dédiait toute sa vie à la recherche de la *Fin*. « Oui, murmurait-il sur le pont en regardant les flots, car toute vie doit nécessairement avoir une *Fin*... Laquelle ? »

Mais la mer, indifférente, ne lui répondait pas. Le soleil qui mourait dessinait à l'horizon des paysages aux couleurs hurlantes. Le soleil fut le premier cubiste du monde...

★

Au dîner, la petite Française lui souriait. Il y avait dans son sourire une promesse affolante d'incroyables voluptés. Et Paulo Rigger se mit à l'imaginer nue. Elle devait être belle... Cette femme, si jeune et qui avait déjà tant vécu, devait être une raffinée. Et il jura de la connaître.

Sur le pont, elle souriait naïvement du jeu naïf des vagues.

Paulo Rigger s'approcha.

— *Mademoiselle*★...

— Pas *mademoiselle*★, non. Julie.

— Ah, Julie, vous êtes adorable !

— C'est tout ce que vous me dites ? C'est ce que m'ont dit tous ces garçons qui me courtisaient tout à l'heure. Je pensais que vous auriez quelque chose de plus neuf à me dire...

— Certes. Je voudrais vous dire que vos yeux promettent des choses absurdes, mais je connais toutes les choses absurdes et je doute que vous me donniez quelque chose de nouveau.

— Aujourd'hui à une heure. La porte de ma cabine sera ouverte... Je vous attendrai.

★

Dans sa cabine, Paulo Rigger se demandait s'il devait aller retrouver Julie ! Une grande lassitude envahissait ses membres. Il pensa à Julie. Et il eut peur de ses yeux. Non, il n'irait pas. Cette femme était capable de s'accrocher à lui comme une gale, au Brésil. Et, de plus, ce n'était qu'une cocotte notoire. Une femme qui aimait pour de l'argent, sans amour. Que pourrait-elle lui donner de nouveau ? Le plaisir, il le connaissait trop. La chair... Mais l'amour, peut-être n'était-ce pas seulement la chair... Peut-être était-ce quelque chose de plus... Cette autre chose, il ne la connaissait pas. Il affirmait même qu'elle n'existait pas.

Qu'elle existât ou non, la petite Française ne pourrait la lui donner. Elle donnerait seulement son corps… Et de la même manière que toujours. Foutaises ! Il n'irait pas…

Et Julie attendit toute la nuit, nue, rêvant de voluptés incroyables. Ensuite, elle pleura de rage, mordant son oreiller… Enfin elle l'insulta, c'était un animal. Il ne savait pas qu'elle avait réservé pour lui les caresses qu'elle n'avait jamais vendues à personne… Imbécile !

Et Paulo Rigger rêvait qu'il avait une amoureuse romantique qui lisait Henri Ardel et jouait au piano des valses très sentimentales.

Le lendemain, le cri de la découverte :

— Terre ! Terre !

Au loin, le Pays du Carnaval.

II

Adossé à la fenêtre de l'hôtel, Paulo Rigger lisait les journaux du matin. Il était à Rio de Janeiro. Il sentait cependant que la capitale de la République n'était pas le Brésil. Elle tenait beaucoup des grandes villes de l'Univers. Et ces villes ne sont pas des villes d'un pays mais des villes du monde. Paris, Londres, New York, Tokyo et Rio de Janeiro appartiennent à tous les pays et à toutes les races. Et Paulo Rigger avait des envies d'aller loin dans l'intérieur, vers le Pará et le Mato Grosso, sentir de près l'âme de ce peuple qui, en définitive, était le sien. Son peuple... Non, ce n'était pas là son peuple. Toute sa formation française lui criait que son peuple était en Europe. Il se rappelait : à Paris, les Brésiliens disaient du mal de leur terre. Beaucoup de mal, même. Lui, par esprit de contradiction, en disait toujours du bien. À bord, les passagers nostalgiques faisaient l'éloge du Brésil. Et lui en avait dit du mal. Maintenant il voulait se faire une idée du Brésil. Parfois, en Europe, son masque de cérébral tombait et il pensait au moment où il retrouverait sa Patrie. Il se mettrait dans la politique. Fonderait un journal. Grandirait le nom du Brésil...

Son patriotisme du moment faisait rire ses amis, qui le plaisantaient. Il s'excusait en disant que tout ça était de l'égoïsme. Il voulait grandir le nom de sa Patrie pour, ainsi, grandir le sien, Paulo Rigger. Un moyen... Au fond, l'égoïsme l'emportait...

Ses amis approuvaient. La Patrie n'était certainement pas la *fin*...

Les journaux ne parlaient que de la campagne politique qui agitait le Pays. D'un côté, le président de la République d'alors qui voulait, appuyé par un certain nombre d'États, imposer un candidat de son choix pour lui succéder au pouvoir. De l'autre, les États de l'opposition qui voulaient élire un président à eux.

Paulo Rigger lut un journal : « Il y a encore des Brésiliens qui savent mourir pour la liberté. » Ces mots se détachaient en gros caractères. C'était extrait d'un discours d'un député de l'opposition.

Rigger rit :

— Quelle mort stupide, mourir en luttant pour la liberté de la Patrie...

Le domestique de l'hôtel, qui était entré avec le petit déjeuner, murmura :

— Cet individu est prestiste…

Et tout en le servant (bruissait à ses oreilles le froissement des billets du pourboire), il vanta, à la stupéfaction de Rigger, les vertus du docteur Julio Prestes.

★

Paulo Rigger marchait dans la rue, au hasard. Il se sentait un étranger dans sa Patrie. Il trouvait tout différent… S'il éprouvait cela à Rio, que serait-ce à Bahia où il allait s'établir en compagnie de sa vieille mère ?… Parviendrait-il à y vivre ? Et il avait une grande nostalgie de Paris…

Il devrait vivre bourgeoisement… Il n'aurait plus de camarades intellectuels… Son esprit deviendrait obtus… Peut-être se marierait-il… Peut-être même irait-il habiter la fazenda… Quelle fin pour lui, dégénéré, corrompu, malade de civilisation… Enfin…

Paulo Rigger s'arrêta devant une maison de disques. Une marche bien rythmée emplissait l'espace d'une musique étrange, nostalgique, pleine d'un sentiment que Paulo ne comprenait pas.

La marche rugissait :

Essa mulher há muito tempo me provoca...

Dá nela...
Dá nela[1]*...*

— Ce doit être ça, la musique brésilienne, pensa Rigger. La grande musique du Brésil.

Et il resta à écouter, saisi par la barbarie du rythme. L'âme du peuple devait être là... Et comme elle était différente de la sienne... Il ne battrait jamais une femme. La musique hurlait :

Dá nela...
Dá nela...

Et il continua. Plus loin il rencontra le diplomate.

— Oh, docteur Rigger ! En promenade, n'est-ce pas ?

— C'est vrai. Je découvre Rio...

— Vous n'aviez jamais été dans la Métropole, docteur ?

— Non. Quand je suis parti pour l'Europe, je me suis embarqué à Bahia. Cette fois, j'ai résolu de rentrer par ici, exprès pour connaître Rio...

1. Cette femme depuis longtemps me provoque...

Frappe-la...
Frappe-la...

24

— Et ça vous plaît ? Oui, naturellement, je présume. La nature, hein, docteur ? La merveilleuse nature... La plus belle chose du monde.

— Mais je crois que la nature fait un mal énorme au Brésil. L'homme d'ici semble paresseux, indolent... Ce doit être la nature... Si majestueuse, elle fait mal. Elle domine, écrase.

— Oui. Peut-être... Mais nous avons eu de grands hommes, docteur. Rui Barbosa...

Paulo Rigger avait lu Rui Barbosa. Ça ne l'avait pas enchanté... Horriblement rhétorique... Il ne comprenait pas comment on adorait cet homme... De plus, il n'avait pas d'idées... Il était d'un patriotisme niais... Et assommant. Non, décidément, il n'avait rien à faire de ce Rui Barbosa.

Le diplomate, José Augusto da Silva Reis, était scandalisé. Rui était génial... génial... génialissime... Même en France on l'adorait.

— En France ? C'est possible...

— Et le droit ? Rui savait le droit comme peu de gens. Et la place qu'il a tenue à La Haye ?

— Il n'y a pas besoin de talent pour connaître le droit. La mémoire suffit...

Ils rencontrèrent un Bahianais. Député du sud de l'État. À sa petite tête et à ses grandes oreilles, on reconnaissait l'imbécillité congénitale.

José Augusto fit les présentations :

— Docteur Antônio Ramos, député de Bahia. Docteur Paulo Rigger, qui arrive de France. Il est le fils du vieux Godofredo...

— Oh, très heureux de vous connaître... Nous sommes pays...

— Nous sommes trois pays..., dit José Augusto.

Ils s'assirent dans un bar pour prendre un apéritif. En l'honneur de Bahia, proposa le député. La conversation tourna autour de la campagne de la succession présidentielle. Le député était prestiste.

— Ah ! Ce que les Gauchos veulent, c'est le pouvoir... Seulement le pouvoir... Ils n'ont ni Patrie ni rien.

— Vous avez raison, docteur, totalement raison..., approuva José Augusto.

Puis, à voix basse, il demanda au député :

— Et les affaires, docteur ? Toujours quelques petits pots-de-vin, pas vrai ?...

— Parfois... Maintenant les choses vont mal, ça ne vaut plus la peine d'être député... Mais, pour le moment, tout mon effort est tourné vers la Patrie. Je vais même faire un discours, contre les oppositionnistes... Vous devez y assister. Ce sera un discours marquant.

Et, prenant congé :

— Docteur Rigger, passez me voir. Je veux vous présenter à mon épouse. Elle adore Paris, elle aimera vous connaître. Une sainte, mon épouse...

Paulo Rigger suivit le député des yeux, dans la rue : il saluait à droite et à gauche dans une attitude de maître du monde et de la félicité.

José Augusto expliquait : celui-là, c'était un imbécile... Il faisait de la politique parce qu'il avait épousé la fille d'un personnage très influent. Il n'était que le gendre du senhor Untel. En échange de quoi il laissait sa femme faire ce qui lui chantait... Et elle ne valait rien. Aucune décence...

— Les députés sont tous de cet acabit ?

— Tous. Une clique. Des voleurs... Ils n'ont pas de véritable patriotisme. C'est un racolage éhonté. Ce qu'il faut au Brésil, c'est une révolution. J'ai toujours été révolutionnaire. La révolution couperait la tête à un grand nombre de politiciens, elle paierait la dette extérieure et le pays entrerait dans la *voie de la prospérité*...

— Mais, à ce qu'il me semble, les hommes politiques de l'opposition sont identiques...

— Pschh ! Ils sont pareils ! Mais je sais déjà qui sera ministre des Affaires étrangères : un vieil ami à moi... Et j'aurai certainement une légation. Ah, je la tiens ! Révolution, révolution... Vous avez lu le discours du leader de l'opposition, aujourd'hui dans les journaux ?

« Il y a encore des Brésiliens qui savent mourir pour la liberté de la Patrie. » On dirait du Rui... Je suis de ces Brésiliens...

— Eh bien moi, je trouve stupide de mourir pour la liberté... totalement stupide...

— C'est que vous n'êtes pas patriote... Mourir pour la Patrie et pour... la légation.

Il rit cyniquement. Paulo Rigger rit aussi en murmurant :

— Égoïsme, dieu du monde, dieu du monde...

Des gamins passaient, annonçant les journaux du soir :

— « *A Noite*, demandez *O Globo, Diario...* » « *Diario, Noite, Globo...* » « Le discours du député Francisco Ribeiro. La campagne présidentielle. Le carnaval qui vient... Le Carnaval... *Noite...* »

Dehors la foule se bousculait dans une grande allégresse. Elle envahissait les maisons de commerce, achetant des étoffes et des fanfreluches. C'était le Carnaval qui approchait.

Rigger dit :

— Le Brésil est le Pays du Carnaval.

José Augusto ajouta :

— Et des grands hommes ! Et des grands hommes...

Il sourit patriotiquement, paya les consommations et se leva pour aller présenter au député Francisco Ribeiro, qui passait à ce moment précis, ses félicitations pour ce « discours marquant ».

— Pays des grands hommes… des grands hommes… et du Carnaval…

Dans le hall de l'hôtel, Paulo Rigger eut une surprise. Julie était là, lisant un magazine. Il voulut passer rapidement sans la saluer, mais elle le vit. Elle l'appela :

— Je suis très fâchée contre vous…

— J'ai été malade. J'ai passé une mauvaise nuit… C'est pourquoi je ne suis pas venu. Excusez-moi.

— Je vous excuse, mais je vous avertis que je n'y crois pas. Maintenant, nous allons dîner ensemble…

Ils dînèrent ensemble. Plus que ça, ils couchèrent ensemble. Et Paulo Rigger resta pris à Julie. Cette femme tout sexe, tout désir le tenait. Il se dit à lui-même qu'il voulait bien la connaître, étudier son âme. Et il se mit à vivre dans la blancheur de ses bras une passion folle.

Ils déployaient tous les deux des efforts immenses pour se donner l'un à l'autre quelque chose de nouveau. Ces deux débauchés s'aimaient furieusement. Ils décidèrent qu'elle irait avec lui à Bahia où ils vivraient leur passion.

— Tu m'aimes ? lui demanda-t-il un jour.

— Je t'aime…

— Comme tous les autres, n'est-ce pas ?

— Tu es jaloux ? Que c'est drôle…

Non. Il n'était pas jaloux, mais il la voulait pour lui seul. Qu'elle ne soit à personne d'autre. Seulement à lui… Entièrement.

Il mit sur le phonographe un disque qu'il aimait beaucoup. Et le phonographe chanta :

> … *numa casa de cabôco,*
> *um é pouco,*
> *dois é bão, três é demais*[1]…

Il lui expliqua ce que voulait dire cet air brésilien.

— Tu doutes de moi ?

— Non, sourit-il, triste. Je doute de moi…

*

Un soir qu'il était sorti pour admirer la ville un bruit assourdissant le fit sursauter. Il constata alors que les rues étaient pleines de gens. Des automobiles passaient, transportant des jeunes filles costumées. Une folie générale…

Paulo Rigger comprit que c'était le samedi de carnaval. Il prit une voiture. Et se mit à

---

1. … dans une maison de caboclo,
   un c'est peu,
   deux c'est bon, trois c'est trop…

30

rouler derrière une auto chargée de jeunes filles. C'étaient les vertueuses filles d'un moraliste exalté.

Rigger projeta sur la plus jolie un peu de son lance-parfum. Le sein mouillé paraissait vouloir sauter hors de la blouse. Elle éclata d'un rire hystérique.

Ensuite ils allèrent danser. Et la cohue dans la salle et la danse qui les rapprochait la faisaient défaillir. Il l'embrassa beaucoup. La palpa beaucoup. Et il observa que tous s'embrassaient et que tous se palpaient. C'était le Carnaval... Victoire absolue de l'Instinct, règne de la Chair...

Paulo Rigger cria :

— Vive le Carnaval !

Et la salle entière :

— Vive le Carnaval !

Et la vertueuse demoiselle se serra davantage contre lui.

*

Quand Paulo Rigger sortit, un groupe de mulâtresses sambait dans la rue. Couleur de cannelle, sein presque en montre, elles se déhanchaient voluptueusement, en délire. Paulo vit là tout le sentiment de la race. Il se vit intégré à son peuple. Il s'abandonna au samba en hurlant :

> *Dá nela...*
> *Dá nela...*

Une grosse mulâtresse lui donna une *umbigada*. Ils s'empoignèrent et continuèrent à danser sur l'avenue. Même les gens qui jouaient de la guitare sambaient avec l'allégresse fiévreuse de ceux qui n'ont que trois jours de liberté.

Les lèvres de la mulâtresse se pressèrent contre les lèvres de Paulo Rigger.

Il aurait voulu crier : « Vive le Brésil ! Vive le Brésil ! » Il se sentait intégré à l'âme de ce peuple et ne pensa pas que c'était seulement durant le Carnaval que tous, comme lui l'avait fait durant toute sa vie, se livraient à leurs instincts et faisaient de la Chair le dieu de l'humanité...

★

Quand il arriva à l'hôtel, le jour se levait. La nature entière s'éveillait, comme étrangère au délire de cette nuit. Dans la chambre il ne trouva pas Julie. Elle était sortie, naturellement. Elle était allée au Carnaval.

Il s'efforça de rire. Allons, qu'importe !...
En somme ce n'était qu'une femme avec laquelle il avait été. Qu'importe...

Mais, diable, ça lui faisait mal. Ça lui faisait mal de penser que Julie se trouvait avec
un autre, au lit. Non. Ce n'était pas possible... Il se révoltait contre lui-même. Ce
n'était pas possible, pourquoi ? C'était. Elle
se trouvait avec un autre... Avec un autre, au
lit... Et qu'avait-il à voir avec ça ?... Il ne
l'aimait pas... Ne l'aimerait-il vraiment pas ?
Non, pensait-il, il la désirait seulement...
Mais l'amour, c'était la possession... S'il la
désirait, c'est qu'il l'aimait... Il aimait, oui,
cette femme corrompue qui avait des goûts
pervertis. Et elle, maintenant, devait être avec
un autre, peut-être... Et couchait, qui sait ?
Elle, naturellement, ne l'aimait pas.

La chambre lui paraissait vide sans elle...
Le lit, sans son corps blanc, lui paraissait insupportable...

★

José Augusto le présenta quelques jours
plus tard à un écrivain catholique. C'était le
leader du catholicisme sur sa terre. Il faisait
montre dans la conversation d'une sincérité
qu'admirait Paulo. Il demanda à Rigger de

collaborer à sa revue. Il voulait ses impressions sur la race. Paulo promit. Et quelques jours après lui donnait le « Poème de la mulâtresse inconnue » :

Je chante la mulâtresse des bouges
de Saint Sébastien de Rio de Janeiro...

La mulâtresse couleur de cannelle
qui a des traditions,
qui a sa fierté,
qui a des bontés,
(cette bonté
qui fait qu'elle ouvre
ses cuisses brunes,
fortes,
sereines,
pour la satisfaction des instincts insatisfaits
des poètes pauvres
et des étudiants vagabonds).
C'est entre ses cuisses saines
que repose l'avenir de la Patrie.
De là sortira une race forte,
triste,
rude,
indomptable,
mais profondément grande,
parce que grandement naturelle,
toute de sensualité.

C'est pourquoi, mulâtresse odorante
de mon Brésil africain
(le Brésil est un pan d'Afrique
qui émigra en Amérique),
ne cesse pas d'ouvrir tes cuisses
à l'instinct insatisfait
des poètes pauvres
et des étudiants vagabonds,
en ces nuits chaudes du Brésil
quand il y a tant d'étoiles au ciel
et sur la terre tant de désir.

L'écrivain dit que c'était très bon, très sincère.

Mais le poème ne fut pas publié. Il avait offensé la morale brésilienne...

III

À la table du bar quelques garçons bavardaient. La lumière des lampes électriques, dans la rue, zébrait l'obscurité environnante. De grosses Noires, aux carrefours, vendaient des *acarajés* et du *mingau*. Et dans l'ombre de la nuit Bahia paraissait une grande ruine d'une civilisation qui avait à peine commencé à fleurir.

Ricardo Brás ficha son chapeau sur sa tête et proposa :

— La compagnie, on va faire une virée ?

— Non. On doit attendre Ticiano, protesta Jerônimo Soares.

— Mais il est déjà neuf heures. Pedro Ticiano est capable de ne pas venir. Il se fatigue vite, dernièrement...

— Mais pour les amis on peut encore faire un sacrifice ! dit une voix derrière Ricardo.

— Oh ! Ticiano ! Toi... Tu es venu uniquement pour me faire mentir.

Jerônimo tapa sur la table, appelant la serveuse.

— Apporte du café, mon amour.

— Et de l'eau. Un verre d'eau…, demanda Gomes, directeur d'une feuille de chou.

Pedro Ticiano prit un livre des mains de Jerônimo.

— Oh, garçon ! Tu lis maintenant José de Alencar ?

— Je relis, Ticiano. J'aime beaucoup Alencar…

— C'est un bon poète… Un bon poète…

— Poète ?…

— Oui, poète. *Iracema* est un poème d'une belle harmonie. Mais Alencar est un mauvais romancier…

Ricardo Brás n'était pas d'accord. Il trouvait qu'Alencar avait des qualités. Ce n'était peut-être pas un grand romancier, mais il se laissait lire.

— Un romancier pour les gamins internes dans leur collège et pour les imbéciles qui se flattent d'avoir du sang indien…

À cet instant entra José Lopes, accompagné de deux hommes.

— Ticiano, je voudrais te présenter le senhor José Augusto, premier secrétaire d'ambassade à Paris. Voici Pedro Ticiano.

— Enchanté…

— Je vous connaissais de nom... Vous avez laissé un nom à Rio...

— Bien aimable...

Ticiano détestait les présentations. Il disait ne rien connaître de plus hypocrite.

— Le docteur Rigger, avocat.

— Pedro Ticiano, journaliste en marge de la presse...

Ils se serrèrent la main.

Pedro Ticiano comptait alors soixante-quatre ans. Vieux travailleur de la presse, il était, dans la dernière phase de sa vie, en marge du journalisme où il s'était fait un nom.

Toute son existence s'était résumée à lancer des phrases d'esprit et à choquer le sens commun.

À Rio de Janeiro il était connu pour ses épigrammes et son esprit sarcastique. Pamphlétaire de forte carrure, il avait acquis une place importante dans les journaux de la Métropole.

Un jour, on lui donna un bon poste en province.

À Bahia, qui en d'autres temps avait été surnommée l'Athènes brésilienne, florissait à cette époque la plus complète stupidité.

Pedro Ticiano décida de faire, dans cette *bonne terre*, la campagne pro-intelligence. Il commença par attaquer le mulatisme. Intraitable, il devint la terreur des étudiants qui se veulent poètes et des charlatans qui signent les articles de fond des journaux bahianais.

(Car à Bahia, bonne ville de Tous les Saints et en particulier du Seigneur de Bonfim, tout le monde est intellectuel. Le bachelier est par force écrivain, au médecin qui écrit un travail sur la syphilis on donne aussitôt le nom de poète et les juges émettent de doctes avis littéraires que personne n'a le courage de discuter.)

*

Pedro Ticiano disait qu'à Bahia tous les sots se faisaient poètes. Le plus grave des messieurs « bien » de la ville, s'il ne publiait pas de mauvais vers dans des revues élégantes, avait certainement quelque quatrain griffonné au fond de ses tiroirs.

On se mit à haïr Pedro Ticiano. Peu à peu la presse se ferma devant lui. Certaine fois où il avait écrit un violent article contre un homme politique en vue, il fut démis de son poste. Il ne pouvait plus retourner à Rio. Et il resta donc à Bahia, pauvre, avec, comme récompense d'une grande vie, la haine de tous les métis bahianais qui écrivaient.

Quelques amis l'entouraient, un petit nombre, les derniers et peut-être les seuls véritables qu'il avait eus dans sa vie.

Sa grande satisfaction était de se savoir redouté. Ses ennemis n'avaient pas le courage de l'attaquer et étaient forcés de reconnaître que l'esprit de Pedro Ticiano restait plus jeune que jamais.

Fréquemment on relevait l'étrange paradoxe qu'était son nom : Pedro Ticiano. Un nom bien bourgeois et un nom d'artiste.

Et il expliquait. Son père était un commerçant qui avait passé toute sa vie à s'efforcer de réunir une fortune à lui laisser. Quand tout le monde le croyait très riche, il fit faillite. Il était mort de chagrin. C'est lui qui avait tenu à ce qu'il s'appelle Pedro. Sa mère, qui avait beaucoup de sensibilité (elle écrivait à ses sœurs des lettres en vers et avait dans sa chambre un portrait de Victor Hugo), avait trouvé le nom de Pedro horrible et, pour l'adoucir, ajouta celui de Ticiano. Et il fut baptisé Pedro Ticiano Tavares. Ticiano, quand il grandit, supplanta le Tavares. Son père le harcelait à cause de son penchant pour le journalisme. Le vieux ne pouvait pas sentir les gens de plume. La poésie ne nourrissait personne, répétait-il. Et Ticiano qui, à cette époque, avait des velléités littéraires, fit sauter le Tavares de son nom en disant que sa famille n'avait pas à profiter de sa gloire. Il devint simplement Pedro Ticiano. Maintenant il pensait que son vieux père avait raison. La poésie ne donne à manger à personne… Ni la poésie ni la prose…

Cette amitié était devenue la grande consolation de leurs vies. Ils se sentaient soutenus. Ils s'épaulaient mutuellement et ensemble cherchaient la finalité de leur existence. Après avoir appris, avec Pedro Ticiano, toutes les attitudes sceptiques, ils avaient entrepris un combat contre le doute. Ils voulaient découvrir la *fin*. Oui, disaient-ils, il y avait une *fin* dans la vie.

Pedro Ticiano tranchait :

— Oui, il y en a une. La *fin*, c'est la mort…

Ils s'étaient regroupés autour de Pedro Ticiano dont l'esprit les enchantait. Et ils acquirent une force. Intrépides, ils avaient le courage de dire toutes les vérités. Différents les uns des autres, ils avaient cependant de grandes affinités qui les unissaient.

Ricardo Brás était né dans le Piauí. Adolescent, il avait dû émigrer pour tenter sa chance à Bahia. Il avait réussi à entrer à l'école d'agriculture pour aussitôt l'abandonner faute de ressources suffisantes. Finalement il avait déniché un petit emploi de bureaucrate et étudiait à la faculté de droit. Poète, il avait publié un recueil de vers. Et comme les vers avaient eu du succès, il se mit à les haïr. Privé d'affection, c'était un dévot du sentiment. Il avait une grande soif d'amour.

41

Et quand il pensait à la finalité de la vie, il se représentait toujours une jeune fille aux grands yeux tristes qui serait le type de l'épouse idéale.

Gomes, A. Gomes, directeur de *Bahia Nova*, comme disaient ses inséparables cartes de visite, possédait une intelligence aiguë assortie du plus complet analphabétisme.

Il avait déjà tâté d'une cinquantaine de professions, de commis de magasin à encaisseur des traites tenues pour insolvables.

Finalement, il avait pris la décision de devenir journaliste. Il s'était enfoncé dans le sertão à la recherche de colonels, maires de municipalités, qui lui donneraient des informations sur leur ville, des photographies et de l'argent.

La revue était sortie. Et, chose considérée jusqu'alors comme impossible à Bahia, elle en était à son vingt-cinquième numéro (desquels n'avaient en fait pâru que quatorze) et Gomes, pénétré de sa nouvelle position de journaliste, ne se séparait jamais de son cigare et d'une serviette qui se voulait d'une importance historique.

Ricardo répétait :

— Toi, Gomes, tu es une canaille, mais tu triomphes. Tu as une âme de maître chanteur. Aucune morale...

Gomes protestait, écarlate.

Et Ticiano intervenait :

— Cette histoire de morale est une sottise. L'homme de talent n'a pas de morale. Et toi, Gomes, tu as du talent. C'est ce qui compte. Il n'y a qu'un défaut qui n'est pas pardonnable chez un homme : la *bêtise*.

Gomes souriait, heureux. Et quand la discussion tournait autour de l'insatisfaction et de la finalité de la vie, il se carrait sur sa chaise et voyait défiler, à travers la fumée de son cigare, une belle maison, des automobiles, des femmes et des colonels, beaucoup de colonels qui portaient des paquets d'argent...

Le plus effacé d'entre eux s'appelait Jerônimo Soares. Mulâtre clair, bon garçon, naïf, sans prétentions, sans vanité, un lieu commun humain que Ticiano se plaisait à façonner *à son image et ressemblance*.

Pedro Ticiano avait parfois de ces cruautés. Avant de le connaître, Jerônimo vivait tranquille, sans problèmes, dans la paix de ceux qui ne pensent pas et ne font pas d'efforts pour penser. Mais Ticiano (qu'il se représentait comme un dieu) lui avait volé sa sérénité. Jerônimo était devenu un insatisfait, plein de doutes, incapable de trouver son chemin dans la vie. Ticiano lui avait fait perdre la notion de Dieu et se moquait de son patriotisme. Jerônimo finit par être une marionnette entre ses mains. Et l'autre jouait avec cette âme, la modelant à sa guise.

Et il souriait en pensant que la félicité ou l'infélicité de cet homme dépendait de lui.

Le plus étrange de tous ces garçons était cependant José Lopes. Diplômé depuis très peu de temps, on le considérait déjà comme un *grand talent*. Au contraire de Ricardo Brás il ne cultivait pas une littérature de mots d'esprit et de paradoxes. Il était entièrement intégré à l'esprit de sérieux de la génération qui faisait son apparition.

Il avait de grandes discussions avec Ricardo qui affirmait que la culture était préjudiciable. Personne ne devait lire pour se cultiver.

— Moi, prétendait-il, je lis par plaisir. Aujourd'hui je lis une œuvre d'Anatole[1]. Elle me plaît. Si demain j'ai à choisir entre deux livres, un d'Anatole et un autre d'Unamuno, je lirai Anatole, parce que je sais que j'en tirerai du plaisir.

— Moi, je lirais Unamuno, répliquait José Lopes.

— Et toi, Ticiano ?

— Moi, je ne lis que des humoristes… C'est le genre le plus tragique de la littérature. De même que je ne vais au cinéma que lorsque

1. Anatole France.

44

passent des films de Charlot. Ce sont les seuls qui me touchent.

José Lopes s'irritait parfois des *blagues*★ de ses amis. Il estimait qu'il fallait combattre la littérature de phrases, la déification du scepticisme. Faire une œuvre sérieuse. Réaliser quelque chose. Trouver un chemin dans la vie.

— Il faut une philosophie…, disait-il à Gomes en arpentant les rues de la ville.

Ricardo Brás, que la souffrance avait rendu matérialiste, ironisait :

— Pourquoi n'adhères-tu pas au thomisme ?

— Qui sait ? Je suis un athée mystique… Un homme divisé, mais un insatisfait.

José Lopes sentait qu'il ne réaliserait rien. Terriblement sentimental, il ne pouvait se séparer de ses amis qui avaient remplacé la famille qu'il ne possédait pas. Il n'avait pas conquis la liberté qu'exige la quête de la Félicité.

— Tu es le type du bon époux, lui disait Ricardo.

— Peut-être. Mais je ne me marierai pas. Si je me mariais, je suis certain que ma femme me tromperait. Je suis né pour être un époux trahi…

Et ses lèvres se crispaient en un sourire plein d'amertume.

Paulo Rigger s'était lié à eux. Il participait maintenant tous les soirs à leurs palabres. Le

« journal parlé » comme l'appelait Ticiano. Il s'intéressait aux mouvements littéraires de la ville. Il avait fait des ennemis de Ticiano ses ennemis et de ses amis, ses amis.

José Augusto, lui, n'était plus venu au bar. Et durant les jours qu'il passa à Bahia, il ne se lassa pas de dire du mal de Pedro Ticiano. Pour une raison simple. Ils bavardaient avec animation quand José Augusto, selon son habitude, s'était mis à faire l'apologie de Rui Barbosa.

Ticiano avait dit en souriant :

— À Bahia, il n'existe que deux saints : le Seigneur de Bonfim et Rui Barbosa...

L'autre le serra sur son cœur avec enthousiasme.

Et Ticiano, mauvais, de conclure :

— Et moi, je n'en admire ni n'en adore aucun...

— Bien ! Très bien ! hurla Paulo Rigger, riant beaucoup de la tête effarée de José Augusto.

Et le diplomate n'avait pas reparu. D'ailleurs personne ne pensait plus à lui.

*

À Bahia, Paulo Rigger s'étonnait de tout. La *ville de Tomé de Souza* lui donnait l'impression d'une de ces villes en décadence où tout meurt peu à peu, dans la tristesse immense d'une fin de vie.

Il était arrivé à Bahia un jour de grande agitation. Sur le même bateau que lui voyageaient quelques membres de l'opposition qui allaient, en caravane, répandre la propagande électorale et faire des discours dans le Nord. Lorsque, avec Julie, il prit une voiture, les orateurs se dirigeaient déjà vers la ville. Les masses populaires leur emboîtaient le pas. C'est que, en tête de la caravane, venait un député considéré comme le plus grand orateur du Pays. Et tout Brésilien donnerait sa vie pour quelques fleurs de rhétorique.

L'automobile où Paulo se trouvait dut se mêler au cortège. Impossible de fendre la foule. Ça ne le dérangea pas. Tout cela l'intéressait. C'était nouveau pour lui et il savourait l'enthousiasme populaire. Toutes les cinq minutes le cortège s'arrêtait. Des individus véhéments haranguaient le peuple. Ils disaient qu'« il fallait mettre des bulletins blancs dans l'urne noire ». Alors que Paulo Rigger riait de cette phrase, il faillit être écharpé. Au sommet de la Ladeira de la Montagne, la foule s'arrêta pour la sixième fois. Un homme ivre faisait un discours en s'efforçant de conserver son équilibre. (Mais quel sacrifice ne ferait-on pas pour la Patrie ?)

Et il braillait :

— Je suis le porte-parole de la canaille des rues ! Le porte-parole des gueux, des aveugles qui demandent l'aumône, des estropiés (on le soutint pour qu'il ne s'écroule pas), de la boue des ruisseaux, des prostituées... Par ma bouche, illustres citoyens, vous saluent les lupanars, les hôpitaux, la pourriture des ruelles...

Le plus grand orateur du Pays répondit avec émotion au salut des aveugles, des estropiés, des filles de joie et de la fange des rues...

Le cortège s'ébranla dans les vivats et les huées.

Paulo Rigger dit à Julie :

— Ma fille, c'est le Pays du Carnaval.

Et il se sentit étranger, très étranger à son peuple. Et il commença à penser qu'il était capable de capoter au Brésil...

★

Après avoir laissé Julie dans un hôtel (car Julie l'avait suivi, passionnée, dans une frénésie de plaisir et de sensations qui le rendait fou), il alla chez lui. Sa mère habitait à Garcia, dans une grande bastide. On ne l'attendait pas. Voulant faire une surprise, il n'avait pas averti. Il frappa à la porte. Une jeune domestique lui ouvrit. Il la contemplait de la tête aux pieds en souriant. Son cœur battait dans sa poitrine. Après sept ans d'absence il allait revoir sa vieille mère qu'il adorait. Il se sentait ému. Et il regardait la petite bonne en souriant, figé sur place. Il était le fils prodigue qui revenait à la maison paternelle. Qui sait s'il n'y vivrait pas désormais ? Paris ne lui avait jamais désigné le *sens* de la vie. Il y avait seulement rassasié sa chair. Et il avait douté que l'instinct fût l'unique raison d'être d'une existence. À la porte, souriant à la domestique, il pensait que peut-être dans la sérénité de cette maison, il trouverait la félicité. Il pensa à Julie. Julie lui apparaissait comme un lien avec Paris... Il allait l'abandonner.

— Vous désirez, monsieur ?

Paulo Rigger se réveilla.

— La veuve du senhor Godofredo Rigger habite ici ?

— Oui, monsieur.

Paulo écarta la domestique. Il entra. Traversa toute la maison, suivi de la jeune fille stupéfaite. Dans la cour, sa mère donnait du grain à une poule jaune. (Rigger pensa qu'il allait élever des poules.) Sa mère le regarda. Le reconnut :

— Mon fils !

— Maman !

Et à la fin de l'après-midi, après avoir raconté en détail la vie à Paris, à sa mère et à quelques amies qui étaient venues lui rendre visite, il ressentait déjà le manque de Julie.

IV

La chair triomphait et l'entraînait vers Julie. La chair, seulement la chair. Précisément parce que Julie ne savait être qu'instinct. Elle ne connaissait pas autre chose. Ne s'intéressait à rien d'autre. Il suffisait de satisfaire son corps...

Et Paulo Rigger comprenait parfaitement ce qui se passait. Malgré ça il ne s'éloignait pas de Julie. Mieux encore, il lui donnait raison. Si elle le désirait, c'était signe qu'elle l'aimait. L'amour ne dépassait pas la satisfaction des désirs... Une affaire physiologique, c'est tout. Une obligation de la nature. Cette histoire de sentiments ? Pure invention des hommes qui cherchaient à dissimuler l'amour et à le rendre ainsi plus piquant.

Parfois, pourtant, lui venaient des pensées étranges. À ces heures-là, il entrevoyait des vérités dans les affirmations de Ricardo Brás. Peut-être y aurait-il dans l'amour quelque chose qui ne serait pas la chair. L'amour n'était pas seulement l'acte de se mettre au lit, côte à côte, tête contre tête, dans une mêlée de bras et de sentiments. Repriser un bas, gratter un chat noir (très aristocratique, qui ne dormirait que sur des coussins et ne mangerait pas de haricots noirs), dire des choses agréables, être jaloux des sourires accordés aux mots galants des passants, se disputer à propos du nom du premier enfant, c'était aussi l'amour, affirmait à grands cris Ricardo, tout rouge, ses lunettes se balançant sur le bout de son nez.

Et il continuait, véhément :

— D'ailleurs non ! Cet amour était le véritable, l'unique amour... la Félicité... La satisfaction de la chair ne donne la félicité à personne.

— Foutaises ! rétorquait Rigger qui ne voulait pas approuver son ami pour ne pas avoir à douter de l'amour de Julie. Alors, on naît pour cet amour... C'est la finalité de notre vie ?

— Exactement. Le *sens* de la vie, la *finalité* se trouve dans l'amour. Mais dans cet amour dont je parle : l'*amour-sentiment*.

José Lopes, arbitre de toutes les questions, ne manifestait ni accord ni désaccord. Le moyen terme... L'amour devait être un composé du cœur et du sexe. Il n'était pas d'accord pour dire que l'amour fût la finalité de la vie...

— C'est quoi alors ? s'étranglait Ricardo, défendant son point de vue.

— Est-ce que je sais !

— Peut-être la religion... Dieu..., risquait Jerônimo.

Et Ticiano, furieux de ce qu'il jugeait une ânerie :

— La religion et quoi encore, mon garçon ! Alors ta finalité, la finalité de l'homme intelligent est la même que celle de tous les imbéciles ?

— Mais le thomisme..., insistait l'autre.

— Le thomisme est un rajeunissement très voronovien du catholicisme. À la fin les écrivains thomistes et les curés instruits se retrouveront dans une lutte corps à corps avec les vieilles bigotes.

Jerônimo, vaincu, se faisait tout petit sur sa chaise. Il buvait son café en tâchant de dissimuler son visage.

José Lopes venait au secours de Jerônimo.

— Qui sait ? Peut-être...

— Les religions sont des ramassis de fables, de mensonges...

— Ce n'est pas la vérité qui donne la Félicité. L'homme a le devoir d'arriver à la Félicité par le chemin le plus court. Et la religion peut apporter la paix, la joie...

Pedro Ticiano faisait des phrases :

— La félicité consiste dans l'infélicité même, dans l'insatisfaction. C'est cette insatisfaction, ce doute, ce scepticisme qui doivent être la

philosophie de l'homme de talent. Le so-
phisme, toujours. Nier quand on affirme, affirmer quand on nie. La *fin* est de ne pas avoir
de *fins*.

— Tout ça est très vieux, Ticiano.
Aujourd'hui ça ne marche plus... Aujourd'hui
on veut des choses sérieuses, une œuvre utile.

— Et ce sérieux est nouveau ? Déjà Socrate
voulait être sérieux. Furent sérieux Aristote,
saint Thomas. Des hommes inimaginables...
La finalité de l'artiste est de vivre, pas plus...
Vivre pour vivre, par obligation, parce qu'on
est né...

José Lopes réfléchissait... Réfléchissait beaucoup. Pedro Ticiano aurait-il raison ? Il cher-
chait à se libérer de l'influence de l'autre. Et il
murmurait :

— Des *blagues*★ !

Au fond, Jerônimo Soares contemplait
ébloui Pedro Ticiano qui avait l'air d'un dé-
mon, gesticulant, ses rares cheveux blancs
s'échappant de la prison de son chapeau, prêts
à s'envoler, avec des airs de chevelure de
poète...

★

Rigger, en retournant chez lui, se remé-
morait la première dispute qu'il avait eue

avec Julie. C'était à ce Carnaval, à Rio de Janeiro. Il était sorti et s'était attardé dans les rues jusqu'au petit matin. Quand il était rentré, il ne l'avait pas trouvée... Il se rappelait comment il avait couru (couru, non ; il avait tourné en rond...), horrible, cette nuit. Le lit vide, les draps blancs lui donnaient, peut-être par contraste, l'impression d'un lit mortuaire...

L'omnibus s'arrêta. Les pensées de Paulo s'arrêtèrent aussi. Il regarda la ligne des maisons, les palmiers du Campo Grande. Tout respirait une tristesse de fin d'après-midi. À côté de lui, sur la banquette, une petite maigre aux grands yeux éperdus feuilletait un livre de vers. Il chercha à lire le titre. *As Primaveras*, de Casimiro de Abreu. Il sourit. Cette petite, naturellement, était portée au romantisme... Elle devait avoir un amoureux qui écrivait des vers. Peut-être même avait-elle une bluette avec Ricardo Brás. Il voulut le lui demander. Commença à ouvrir la bouche. Mais la referma en posant vivement la main sur ses lèvres. Voyons, quelle idée stupide ! La jeune fille évidemment ne connaissait même pas Ricardo. Elle fréquentait quelque employé de commerce.

L'omnibus se remit en marche. Rigger reprit le fil de ses pensées. Julie n'était arrivée qu'au matin. D'abord il ne lui avait pas dit un mot. Elle avait fini par lui demander pourquoi. Il s'était emporté — qu'elle aille se faire fiche ! Elle avait passé la nuit à faire la fête avec d'autres, avait certainement couché avec le premier petit ami qu'elle s'était dégoté et elle venait lui demander pourquoi il était fâché. Qu'elle aille au diable !...

Et sarcastique, les lèvres serrées :

— Comment était-il ? Noir ou mulâtre ? Fort ?

Elle expliquait. Il n'y avait pas de quoi être jaloux. C'était idiot... En fin de compte, elle n'avait couché avec aucun homme. Elle ne l'avait pas trahi. Elle avait dansé, crié, s'était amusée. Ça ne s'appelait pas tromper. Pourquoi alors se fâchait-il...

Lui non plus ne le savait pas. Si l'amour n'allait pas plus loin que la chair, que l'union des sexes, il n'avait pas de raison de se plaindre. Elle n'avait pas couché avec un autre. Il croyait en Julie. Elle ne lui mentait pas.

Et, dans l'omnibus, Paulo admettait les théories de Ricardo. Il était jaloux des phrases et des sourires que Julie avait prodigués à ses compagnons de rencontre. L'amour ne se limitait pas à la possession... Mais, s'il en était ainsi, elle ne l'aimait pas...

L'omnibus s'arrêta. Une grosse dame descendit. Paulo Rigger constata qu'il avait dépassé sa maison. Il descendit aussi, laissant là ses pensées. À la porte de la bastide sa mère l'attendait, épanouie, pour lui raconter la naissance des poussins de la « Ricardinha », une vieille poule qu'adorait toute la maisonnée et qui « devrait mourir de vieillesse ».

Paulo Rigger aimait entendre sa mère parler de son père qu'il avait si peu connu. Godofredo représentait pour lui l'homme qui avait trouvé dans le travail la Félicité. L'homme qui n'avait pas de problèmes personnels à résoudre. Qui avait une *fin*.

Il l'admirait et l'enviait.

Un après-midi, pourtant, en fouillant des tiroirs que personne n'avait ouverts depuis des années, il trouva un carnet qui avait appartenu à son père. Ce n'était pas à proprement parler un *journal*. Une suite de notes, seulement...

Et là il y avait :

« Ma vie, finalement, se résumera-t-elle à ça : travailler, travailler ?... Ne serai-je jamais qu'un riche propriétaire ?... N'y a-t-il pas autre chose, dans la vie, que le travail de tous les jours, le repos de tous les jours au sein de la famille ?... »

— Même mon père, même mon père...,
grommelait Rigger entre ses dents.

★

Allongée sur le lit, Julie lisait un roman
de Willy, en fumant une cigarette blonde.
Elle abandonna le livre, une purge. Sa mon-
tre-bracelet indiquait dix heures du soir.
Paulo Rigger allait arriver. Elle pensa à lui
presque avec aversion. Quand il arriverait,
commenceraient aussitôt ces scènes quotidiennes. Des crises de jalousie sans raison.
Il voulait savoir comment elle avait passé la
journée. Ce qu'elle avait fait. Où elle était
allée...

Elle avait commis une erreur en se liant à
lui. Elle avait cru que Rigger était un cérébral
qui se moquait de ce qu'elle faisait. Un Parisien raffiné qui ne voulait que le plaisir. Et
rien de plus. Au lieu de quoi, au lieu d'un
homme raffiné, simplement, d'un jouisseur
maître en voluptés, elle s'était retrouvée avec
un romantique passionné. Et elle lui disait en
riant :

— Mon petit amour, tu es entièrement brésilien ! Romantique comme tes compatriotes
dont tu parles tant. Tu n'es parisien qu'en
surface...

Et elle répétait un dicton qu'elle avait entendu d'une grosse Noire, à la porte de l'hôtel :

— *Qui ne te connaît pas, qu'il t'achète…*

Julie se réveilla en sursaut. Paulo Rigger était entré et baisait ses lèvres charnues. Et, comme elle ne se réveillait pas, il les mordit.

— Oh ! Tu m'as mordue… Et comme tu reviens tard ! Minuit !

— Ah, mon amour ! Une nouvelle… Lundi nous irons à la fazenda, au sud de l'État. Nous deux seulement. Nous resterons seuls… Dans la plus complète félicité…

— Vendredi, samedi, dimanche, lundi… Et c'est joli, la fazenda ? Il y a des jaguars, des lions ?

— Non, chérie. (Il rit.) Rien de tout ça, mais il y a des serpents…

— Je n'y vais pas. J'ai peur des serpents…

Il eut du mal à la convaincre qu'elle ne verrait pas les serpents — qui vivaient dans le maquis, les pauvres !

— Et si l'un d'eux me piquait… et que je meure ?

Rigger exulta. Enfin, Julie n'était pas seulement chair. Elle était aussi sentiment. Elle redoutait la mort parce qu'elle ne voulait pas le laisser seul.

Il l'embrassa frénétiquement.

— Si tu mourais, chérie, je serais malheureux, désespéré...

— C'est moi qui serais désespérée. Je ne pourrais pas retourner en France...

Paulo releva la tête, furieux. Il prit son chapeau et sortit brutalement de la chambre. Et il murmurait :

— La chienne ! Elle ne renie pas ce qu'elle a été...

Julie dans la chambre pensait :

— Il est devenu fou, il n'y a pas de doute...

Elle eut une moue. Se tourna de l'autre côté et s'endormit.

V

Le navire de la Compagnie Bahiane jouait les équilibristes au milieu de la mer immense.

Les fazendeiros de cacao parlaient de la crise et les étudiants en vacances discutaient des examens et faisaient des plans pour cette Saint-Jean.

Étendue sur un banc, la tête sur les genoux de Rigger, Julie lui racontait comment, en Chine, elle avait passé trente nuits sur un sampan, remontant le fleuve, rien qu'elle et six hommes, six Chinois monstrueux.

Paulo éprouvait une jalousie horrible du passé. Il haïssait ces Chinois. Six. Et elle. Elle seulement. Et six Chinois. Il ne voulait pas en entendre plus.

Julie le mit sérieusement en garde :

— Paulo, chéri, tu ne tournes pas rond...

Ils arrivèrent à Ilheus de très bonne heure. À temps pour prendre le train. Ensuite, cette succession de paysages. Des cacaoyers chargés de fruits, beaucoup de fruits jaunes, chargés de suc.

Rigger se passionnait pour sa nouvelle profession de fazendeiro. Et il expliquait à Julie la culture du cacao. Il lui parlait de son domaine. Au temps où son père vivait encore, avant d'aller en Europe (il y a tant d'années déjà...), il l'avait accompagné dans les plantations. Il revoyait la haute stature du contremaître, Algemiro, un mulâtre fort qui, disait-on, avait déjà fait neuf morts comme garde du corps du vieux Godofredo.

Que de fois il était descendu avec lui jusqu'au bourg voisin assister au cinéma. Ensuite ils s'arrêtaient dans les maisons misérables de vieilles prostituées, le rebut des villes, qui aboutissaient dans ce coin du monde, disputant héroïquement leur vie.

Courageux, Algemiro avait une solide réputation, il recevait toujours un accueil enthousiaste. Une fois, Rigger s'en souvenait bien, en entrant dans la pension de Joana, une petite mulâtresse qui avait *quitté la maison* depuis peu et avec laquelle il s'était *accordé*, Algemiro sut que dans sa chambre il y avait un autre homme. Il le fit passer par la fenêtre (quelle peur eut Paulo !) et ensuite il la battit beaucoup.

— Pourquoi l'as-tu battue, Algemiro ?

— Les femmes, ça se traite comme ça, mon petit colonel. Les femmes, c'est une engeance qui ne vaut rien...

Julie s'intéressait. Quels hommes...

— Et il vit encore dans ta fazenda, ce camarade ?

— Encore. Il en est toujours le contremaître. Mais il a vieilli...

Le train grinça sur les rails. S'arrêta. Rigger descendit, tendant la main à Julie. Il reconnut Algemiro qui allait d'un côté à l'autre, cherchant quelqu'un.

— Holà, Algemiro !

— Voyez-moi le patron ! Comme il a grandi ! Hier, un enfant... Qui l'aurait dit... C'est que, dans les Orope, on grandit vite.

— Dis-moi, Algemiro, les montures sont là ?

— On y a amené, patron. Ça semble que j'avais deviné qu'y venait quelqu'un de plus. On a amené deux bêtes... Vous pouviez amener un ami...

— J'ai amené une amie...

Il fit les présentations :

— *Mademoiselle** Julie.

63

— Algemiro, le contremaître de la fazenda.

Algemiro, très actif, alla installer une selle de femme sur le mulet de Julie.

Ils se mirent en selle. Les suivait un nègre gigantesque, tout en muscles, le torse nu.

Derrière la selle, la carabine dormait d'un sommeil innocent...

— Honorio, cria Algemiro. Passe devant. Je vais derrière avec le patron.

Et durant tout le voyage Julie put admirer les muscles du dos d'Honorio qui avançait, indifférent, mâchant un morceau de tabac noir entre ses dents très blanches.

Les bêtes, habituées à faire tous les jours ce chemin pour charger les sacs de cacao, s'arrêtèrent pile devant la maison peinte en blanc. Sur le terre-plein, des poules et des dindons picoraient paisiblement.

Algemiro aidait Paulo à descendre. Honorio prit Julie dans ses bras et la posa à terre. Elle avait rapproché sa tête blonde de la poitrine de ciment armé du travailleur agricole. Elle sentit une odeur saine de mâle.

Cette nuit-là, quand Rigger la serra dans ses bras faibles de supercivilisé, elle pensa voluptueusement aux muscles d'Honorio et à sa stature de géant. Et Rigger trouva une saveur nouvelle dans ses baisers et plus d'élan dans ses étreintes.

Il dormit heureux.

★

— Paulo Rigger s'est toqué d'une Française et comme elle ne l'aime pas, couche juste avec lui, le garçon veut se convaincre que l'amour est seulement la Chair… Le pauvre ! Le pauvre ! Il ne veut pas avoir de désillusion…

— Les désillusions sont nécessaires, affirma José Lopes.

— Tu parles du haut de ta sérénité.

— Brás, cette sérénité mienne est fille des désillusions. Je suis devenu serein parce que je n'attends plus rien de bon de la vie. Rien. Tant que ne viendront pas des choses pires que ce qui est déjà arrivé, je ne me plaindrai pas.

— Alors ce n'est pas de la sérénité.

— Et qu'est-ce que c'est d'autre ? La Sérénité et une falsification de la Félicité…

— Et c'est ça, notre *fin* à nous ?

— Peut-être. Écoute, je crois que oui. S'accommoder de la vie. Vivre comme on vit. Vivre.

— Exactement, confirma Ticiano. Vivre pour vivre.

— Mais José Lopes se contredit. L'autre jour il discutait avec toi, Ticiano, et disait que

même la religion peut donner la Félicité...
Maintenant il nie qu'elle existe...

— Ce n'est pas tout à fait ça. La Félicité
n'existe pas pour certains hommes. Toi, par
exemple, qui espères la trouver dans l'amour,
tu auras une désillusion. La Félicité n'a pas
été faite pour toi. Jerônimo, lui, c'est un autre
cas. Donnez-lui une bonne épouse et un peu
de religion, la consolation du surnaturel, et il
sera heureux.

— Bien. Ça, dans le cas de Jerônimo. Mais
dans le tien ? Tu as du talent en diable et tu
dis que tu peux en arriver à être catholique.

— La vérité, c'est que je sens parfois la
nécessité d'une consolation. Avec les amis,
autant qu'on les aime, on ne peut pas être entièrement sincère. On a besoin d'un seigneur
très bon qui nous écoute et nous console.
Mais c'est une question de sentiment. La raison ne m'a pas encore mené à Dieu. Et ne
m'y mènera jamais. Et quant au sentiment, je
le vaincrai.

— Et c'est cet homme qui se dit serein !

La conversation s'arrêta net. Gomes était
entré en coup de vent, Jerônimo dans son
sillage. Il s'assit en soufflant :

— Serveuse, de la bière !

— Hein ? s'étonna Pedro Ticiano. De la
bière ? Vous entendez, Gomes offre de la bière.

66

Il se passe certainement quelque chose de très grave. Gravissime.

Gomes expliquait :

— Je suis enthousiasmé !

— L'enthousiasme est une preuve de médiocrité, coupa Ticiano.

— N'interromps pas l'homme !

— Une idée, une grande idée, criait Gomes, apoplectique.

— Une idée ? Tu as eu une idée, Gomes ? hurla Ricardo. Garde ton idée, mon vieux, c'est un trésor.

— Toi, va au diable ! Pied-plat !

Si ça ne l'intéressait pas, qu'il s'en aille... Mince ! Lui s'efforçait de s'employer au bien de tous et Brás venait encore faire le zouave...

José Lopes s'interposa :

— Ne faites pas les idiots ! Je suis curieux de savoir, Gomes... Raconte...

La serveuse arriva avec la bière.

Gomes demanda des cigares.

— « Or de Cuba »... Non, « Suerdick n° 2 ».

L'étonnement de Ticiano était sans bornes.

Déjà rasséréné, Gomes lança l'idée accompagnée d'un coup de poing sur la table :

— Un quotidien ! Nous allons avoir un quotidien !

— Hein ?

— Un journal ?

— Que dit Gomes ?

— Oui, un journal quotidien... L'*Estado da Bahia*...

Leur grande aspiration était de posséder un journal. Ils seraient les maîtres de Bahia. Personne ne pourrait rien contre eux. Ils gagneraient une fortune. Et maintenant Gomes criait qu'ils auraient un quotidien.

Mais Ricardo doutait :

— Bon, ça, c'est seulement une idée ! Une idée...

— Une idée qui est en train de se transformer en réalité.

— Explique cette histoire, Gomes, supplia Lopes.

— Voilà. Le maire d'une de ces villes de l'intérieur veut que nous fondions un journal. Le journal des municipalités... Ce sera une société anonyme. Chaque maire acquiert une participation avec une certaine somme, nous nous participons avec notre plume. On achètera les machines et le journal défendra les maires actuels et leur administration. Qu'en dites-vous ?

Pedro Ticiano serait le directeur, José Lopes le rédacteur en chef. Rigger, Ricardo et Jerônimo composeraient la rédaction. Lui, Gomes, directeur commercial, chercherait les *filons*. À ses heures creuses il ferait des reportages. Une affaire. De première...

— De fait...

— Nous écraserons la canaille, nous écraserons la canaille, gloussait Ricardo. (La canaille était le nom qu'il donnait aux mulâtres, ses ennemis, qui lui enviaient sa « mine de député ».) Tu es un génie, Gomes, je veux dire, ce maire est un génie...

Ticiano proposa que l'on boive en l'honneur du maire.

Jerônimo demanda des cigarettes. Pour le compte de l'*Estado da Bahia*, précisa-t-il.

Ils se mirent à échafauder des plans, à rêver. Ils pensaient déjà tenir Bahia dans leurs mains. D'abord ils travailleraient sans ambitionner de bénéfices. Ensuite alors...

Peut-être s'enrichiraient-ils. Et seraient connus dans le Pays. Publieraient des livres. Vivraient, enfin.

José Lopes réfléchissait :

— Je n'y crois pas. Naturellement nous aurons des désillusions, des ennuis...

Ricardo Brás de son côté trouvait tout cela peu de chose pour une vie. « Le travail ne suffit pas. Il faut l'amour... »

Seul Gomes, satisfait, riait beaucoup en montrant ses mauvaises dents. Il se redressait et marchait à grands pas. Il était sur le chemin de la victoire...

★

Déjà dix jours qu'ils étaient à la fazenda. Paulo se sentait heureux. Il avait la certitude que Julie lui appartenait entièrement. Et qui aurait eu le courage de jeter les yeux sur l'amante du patron ? D'ailleurs Julie n'irait pas *donner sa chance* à aucune de ces brutes, des bêtes plus que des hommes.

Tous les matins Rigger montait à cheval et faisait un saut au village. Il rapportait des journaux et des magazines qu'il lisait le soir, à la lumière de la lampe à pétrole, avant de se coucher. Julie ne l'accompagnait jamais. Elle prenait pour prétexte qu'elle n'aimait pas aller à cheval.

Ce vendredi-là, Rigger était parti tôt. Le ciel, un peu nuageux, annonçait la pluie. Malgré ça il continua. Il mit le mulet au trot. À mi-chemin, cependant, les nuages se faisaient plus menaçants. Paulo décida de rentrer. Quand il arriva il ne trouva pas Julie à la maison. Il partit à sa recherche dans les alentours. Qu'était-elle donc allée faire ? Peut-être cueillir des mandarines...

Rigger descendait sans se soucier le sentier qui menait à la source près de laquelle se dressait un grand mandarinier quand, regardant par hasard sur le côté, il pâlit.

Sous un jaquier, Julie et Honorio, enlacés, souriaient. Elle avait les jupes relevées, découvrant ses cuisses blanches.

Rigger ne fit pas de scandale. Il rentra à la maison et attendit...

Julie revint à midi. Elle remarqua l'air fermé de Rigger. Elle eut peur qu'il ait tout découvert. Mais, entraînée à ce genre de situation, elle ne se troubla pas :

— Tu es arrivé depuis longtemps, mon amour ?

— Longtemps déjà.

— Je me promenais par là, dans les terres.

— Je sais. Prépare tes valises. Nous partons demain.

Elle ne discuta pas. Elle alla dans sa chambre. Lui sortit à la recherche d'Algemiro.

Il le trouva près d'une « barcasse », veillant au séchage du cacao.

— Algemiro, renvoie Honorio.

— Mais, patron, il doit six cents mil-réis à la propriété !

— Trouve un moyen qu'il paie et renvoie-le. S'il n'a pas l'argent, fais-le arrêter.

— Il a une maison au bourg. Avec le loyer il entretient sa fille au collège, à Ilheus.

— Combien vaut la maison ?

— Dans les cinq cents mil-réis.

71

— Prends la maison.

Et il s'en alla.

Algemiro le suivit. Il dit à voix basse :

— Patron, si vous voulez on peut liquider l'homme... Ou lui donner une rossée. Pour sûr, il ne devait pas regarder vers l'*oreiller* du patron...

— Non. Prends seulement la maison.

★

Dans l'unique chambre de la maison il y avait un unique lit. Julie se coucha. Rigger trouva que ce serait le comble de passer une nuit blanche à cause d'une catin. Et il se coucha aussi.

Elle, serrée dans son coin, laissait apparaître, comme par hasard, un sein. Il sentit que son pied touchait celui de Julie. Un frisson lui courut dans tout le corps. Il voulut se lever mais ne put pas. Elle se retourna dans le lit et se colla à lui. Paulo la caressa. Ils s'enlacèrent. Se possédèrent.

Et, au grand moment, elle demanda :

— Pardonne-moi...

— Non !

Il la repoussa. Lui serra la gorge. Elle cria. Il la lâcha. Il avait une envie folle de la met-

72

tre en miettes. Il l'injuria. Elle sourit. Il lui donna un coup de poing. Julie cria :

— Couard !

Et il la battit tant qu'il put. Ensuite, il la laissa pleurant dans le lit. Il sortit. Aspira avec force l'air de la nuit. La lune, dans le ciel, se cacha derrière un nuage.

Et le vent semblait chanter à ses oreilles la marche de carnaval :

Dá nela...
Dá nela...

VI

Mois d'intense travail. L'*Estado da Bahia* lui prenait tout son temps. Il devait paraître dans les prochains jours. Paulo Rigger et José Lopes ne sortaient pas de la rédaction, c'étaient de longs conciliabules. Ces deux hommes extrêmement différents se comprenaient. Ni l'un ni l'autre n'étaient satisfaits de la vie qui était la leur. L'un comme l'autre sentaient la nécessité de *quelque chose* dont ils ignoraient la nature, quelque chose qui leur manquait. Ils étaient arrivés à la conclusion que l'on vit pour quelque chose de supérieur. Qu'était-ce ? Ricardo Brás affirmait que la *finalité* de la vie, c'est-à-dire la *Félicité*, se trouve dans l'amour. Jerônimo Soares insinuait timidement que peut-être la religion était capable de satisfaire ce besoin de finalité de tous les hommes.

Paulo Rigger penchait pour ce que disait Ricardo. José Lopes ne doutait pas que Jerônimo eût raison, mais ils ne parvenaient jamais à cette certitude à laquelle étaient parvenus les autres. Parmi eux, Pedro Ticiano, avec maintenant une terrible maladie des yeux qui lui faisait perdre la vue, jurait, sur l'expérience de ses soixante-cinq ans, que l'homme supérieur n'a pas de finalité. Qu'il vit pour vivre.

— Mais Ricardo Brás est supérieur et cependant il assure que l'amour, le mariage, la vie bourgeoise apportent la Félicité.

— Il a déjà aimé ? Il a été marié ? Quand il aimera, qu'il se mariera, il sera déçu...

José Lopes était dans le camp de Ticiano. L'amour ne pouvait donner la Félicité...

Et, triomphant :

— Et la satiété ? Et la tragédie de la satiété ?

Maintenant il se pouvait que le surnaturel — Dieu, la religion — console.

Pedro Ticiano grinçait :

— Je ne doute pas que ça puisse consoler. Mais ce sont les faibles, les médiocres qui cherchent la consolation, ceux qui ne peuvent lutter seuls avec la vie et ont besoin de Dieu.

— J'avoue que seul, j'échouerais...

— Allons donc ! Tu cherches le sens de ta vie, n'est-ce pas ? Très bien. C'est une chose entièrement cérébrale. Tu cherches une *chose supérieure*, cette *finalité*, parce que tu n'es pas satisfait de ce qui existe... Tu ne veux pas de consolation... Ta question est du domaine du cerveau et non du cœur...

— Erreur. Il s'agit beaucoup plus du cœur que du cerveau. Et sois sûr que c'est le peu de cerveau qu'il y a en nous qui nous éloigne de la Félicité... Ricardo sera malheureux en amour parce qu'il va remarquer les moindres défauts de son épouse, son peu de grâce lorsqu'elle fait la cuisine ou le ménage. Rigger, dans la religion, critiquerait le manque de poésie de quelques prières et l'excès de bien d'autres.

— D'accord ! tu partages mon point de vue. Si vous étiez comme tous les autres, vous trouveriez la Félicité n'importe où. Dans la religion, dans l'amour, dans le travail, dans n'importe quoi. Mais, comme vous êtes supérieurs, vous ne la trouverez jamais. La Félicité appartient seulement aux *ânes* et aux crétins. *Heureusement*, nous sommes malheureux.

Gomes était entré. Il avait servi de témoin dans un procès en défloration. Un de ses amis avait mis à mal une jeune fille et lui, pour que son ami n'ait pas à se marier, était allé au commissariat dire que la *pauvre* ne valait pas un sou percé.

— Et elle ne valait vraiment rien ?

— Est-ce que je sais ? Je sais que l'autre est mon camarade !

— Animal !

Gomes racontait en riant ce qui s'était passé. Le commissaire, un imbécile, avait voulu qu'il jure, la main sur la Bible, qu'il avait dit la vérité. On était allé chercher une Bible. On n'en avait pas trouvé. On avait apporté un *Adoremus*. Le commissaire lui demanda de jurer. Là, les amis, il l'avait cloué...

— Comment ça ?

— Vous dites que je devais jurer sur la Bible. Il n'y a pas de Bible, vous apportez un *Adoremus*. Si vous n'aviez pas trouvé l'*Adoremus* vous auriez voulu que je jure sur le *Premier Livre* de Felisberto de Carvalho, n'est-ce pas ?

Ils rirent.

— Elle est bonne, non ?

— Très bonne ! Excellente !...

Ils sortirent. Sur le pas de la porte une Noire vendait des cacahuètes grillées et des rondelles de canne.

Gomes s'arrêta pour acheter des cacahuètes.

— C'est indigne du directeur commercial d'un journal...

— Va planter des fèves !

Ils se séparèrent.

— Tu viens ce soir, Ticiano ?

— Je ne peux pas... Mes yeux ne le permettent pas...

Ticiano tenta de sourire, mais une tristesse sans fin passa sur son visage ridé.

Il s'assit dans le tramway. Et rentra chez lui en bavardant avec Dona Mercedes, sa voisine, qui se plaignait de son mari, toujours fourré dans la politique (et bien sûr dans l'opposition...), au risque d'attraper une balle, un mauvais coup...

— Misère de mon João... Si bon, si attentionné...

Et elle essuyait ses larmes comme si son mari était déjà mort.

Ticiano, gentiment, paya le tramway. Le receveur continuait sa tournée :

— M'sieurs-dames, s'il vous plaît !

Ticiano l'écoutait. Il pensa à ses amis. Ils passaient leur vie à répéter :

— Félicité, s'il vous plaît !

Et il avait la certitude qu'ils finiraient sceptiques comme lui, indifférents, supérieurs à la vie.

Dona Mercedes lui récitait un discours de son mari.

★

Quand Maria de Lourdes était arrivée à la moitié de l'escalier (un long escalier capable de vous rendre tuberculeux en deux mois), elle s'était mise à crier :

— Dindinha ! Dindinha !

La marraine et toutes les femmes qui habitaient cette soupente voisine d'un quatrième étage où vivaient des protestants et voisine du ciel, vinrent à la porte. Maria de Lourdes montait à toutes jambes, haletante, ses cheveux châtains en révolution, les yeux dilatés, immenses.

— Qu'est-ce qu'il y a, Lourdinha ?

— Qu'est-ce qu'il y a ? Qu'est-ce qu'il y a ? faisaient les femmes, les yeux débordant de curiosité, la bouche entrouverte, mortes d'envie de savoir...

— Aujourd'hui il y a cinéma gratis !

La marraine la gronda. Il n'y avait pas besoin de faire tout ce tapage à cause d'un cinéma. Elle lui avait fait une peur : elle avait cru qu'une personne de leurs connaissances était morte...

Maria de Lourdes s'excusait. Si rare, un cinéma... Sauf quand c'était gratis. Et la direction, des sans-cœur, avait décidé de suspendre les *soirées chic*⋆ (dames et demoiselles, gratis ; messieurs, mille deux cents réis ; enfants, six cents). Maintenant le nouveau propriétaire (parce que l'ancien n'avait pas pu continuer dans le quartier, les femmes lui avaient mené une guerre à mort et il avait vendu), le nouveau pour se rendre populaire avait repris les *soirées*⋆ gratis.

Le chœur des femmes soutint Maria de Lourdes.

Lourdinha avait raison. Si rare, un cinéma... Et les films, c'était quoi ?

Heureuse, une grande joie dansant dans ses grands yeux, elle expliqua :

— Tom Mix, « le roi des cow-boys ». Ce doit être extraordinaire. La jeune première, c'est... voilà que je ne me rappelle plus... Cette blonde, si jolie, celle des baisers si longs, très longs... Il n'y a pas moyen de me rappeler son nom. Tant pis. Il y a aussi *Pourquoi pleures-tu, paillasse ?*, un film sensationnel... Pour finir, les premiers épisodes de *L'Express de la mort*...

— Que c'est bien ! Que c'est bien !

Il y avait aussi une comédie de Chuca-Chuca. Elle avait oublié.

— Et le journal ? Il y a le journal ? demanda Helena, une blonde d'une trentaine d'années qui faisait parler d'elle. On disait qu'elle fréquentait des maisons suspectes... Dans la rue, on la voyait toujours avec un amoureux différent... Elle voulait savoir s'il y avait le journal. Elle avait une passion pour Alphonse XIII, le roi d'Espagne. Et il passait toujours aux actualités.

— Mais il est marié, Dona Helena.

— Qu'est-ce que ça fait ? Être l'amante du roi ne tire pas à conséquence... Demandez seulement à Dona Maria. (Dona Maria était une Arabe très maigre qui louait toute la soupente et sous-louait les chambres. « Elle gagnait une fortune », chuchotaient dans son dos les locataires.) Dans son pays les rois ont quarante femmes...

— Moi, je ne voudrais pas être l'amante même de l'homme le plus riche du monde.

— On dit ça... On dit ça... Mais si apparaissait un paquet de billets...

— Tu penses que tout le monde est comme toi...

— Allez ! Bien pires... beaucoup pires... les saintes nitouches sont les pires...

Et ces femmes travaillaient avec plus de cœur, en vitesse, pour aller le soir au cinéma...

★

Si petite, cette soupente... Et y habitaient tant de gens ! Sur le devant, Dona Maria, l'Arabe, avec deux jeunes enfants, sales et braillards, qui mettaient l'étage et l'escalier au pillage avec leurs jeux. Deux diables, disait d'eux Dona Helena. Dans la chambre à côté dormait un vieux, coursier dans une banque. Il rentrait le soir et repartait le matin, le pauvre homme. Tout le monde trouvait que c'était une bonne personne... Près de lui, dans une petite chambre vivaient Maria de Lourdes et sa marraine. La marraine, Dona Pombinha, Dona Januária Lima, cousait. Avec ce qu'elle gagnait (quelques maigres cinq mil-réis quotidiens) elle subvenait à sa subsistance et à celle de sa filleule, qu'elle avait élevée et dont elle ne supportait pas qu'elle fasse quoi que ce soit, à part entretenir la chambre et aller acheter des étoffes. Dans la dernière des chambres, Dona Helena et ses deux sœurs, Georgina et Bébé, passaient la journée à se disputer. Elles connaissaient toutes sortes de vilains mots, ces jeunes filles. Et travaillaient peu. Helena, on ne sait comment, trouvait l'argent pour manger, payer la chambre et par-dessus le marché s'habillait bien. Georgina avait déjà commencé à *vaquer*. Seule Bébé, la plus jeune, les seins encore en devenir, restait à la maison à broder des chaussons pour les nouveau-nés. (Ils s'écoulaient bien. On les vendait dans une boutique de la Baixa dos Sapateiros comme un produit français.) Dans la chambre en face habitait une autre Arabe, qui avait un nom compliqué que l'on avait abrégé en Fifi. Dona Fifi, mère d'un malandrin de fils, un homme déjà (dans ses dix-sept ans), qui venait uniquement lui soutirer de l'argent pour faire la noce. Il passait son temps au milieu de garnements de la pire espèce, à escroquer les tristes femmes de la Ladeira du Tabuão. Quand, par hasard, il dormait chez lui, il restait nu dans la même chambre que sa mère qui, couchée par terre (le fils dormait dans le lit), ne cessait de se plaindre de la vie qu'il menait. Il l'insultait abondamment en arabe. Parfois lui échappait un mot en portugais que les voisines aux aguets saisissaient :

— Mule... sorcière... radasse...

Dona Pombinha se signait.

Ce petit est possédé. Ça finira mal.

Dona Helena approuvait. Et, de plus, une nuit qu'il passait là était une nuit où personne ne dormait. Il se battait avec sa mère la nuit entière... Un enfer !

Seule Bébé l'aimait bien. Il lui apportait des bonbons et ils s'asseyaient tous les deux dans l'escalier. Il pinçait le bout de ses seins naissants, lui mordillait l'oreille. Et elle le laissait faire, toute tremblante. Il était si gentil...

— Une indécence ! grognait Dona Pombinha, moraliste.

Elle ne s'était jamais mariée, la pauvre, et ces choses lui portaient sur les nerfs. Elle était d'une nervosité terrifiante. À cause de ses nerfs elle s'était disputée avec ses frères et avait été contrainte de travailler pour vivre. Elle et Maria de Lourdes ! Pauvre Maria de Lourdes ! Si jeune, elle avait déjà tant souffert ! Sa famille, qui était fâchée avec Dona Pombinha, n'avait jamais rien voulu savoir d'elle. Et Lourdes accompagnait sa marraine dans ce calvaire qu'était sa vie.

— Ma vie est un roman, *seu* Horacio, répétait Dona Pombinha au vieux coursier de la banque (poète à ses heures, il avait publié des vers dans quelques journaux de Bahia. Il signait d'un pseudonyme : Vivaldo Moreno). Un roman... Il suffisait de l'écrire.

Maria de Lourdes avait alors seize ans. Très belle, ses yeux, de grands yeux tristes, paraissaient voilés de brume. Ses cheveux, qui lui tombaient jusqu'aux épaules, avaient des couleurs changeantes blond châtain. Des seins menus soulevaient sa blouse. Et des lèvres très rouges appelaient le baiser. Elle avait une réputation de jeune fille comme il faut. On ne lui connaissait qu'un amoureux, Osvaldo, qui l'aimait depuis le collège (il l'avait connue à l'école primaire). Ils avaient même été fiancés. Mais il était mort, le malheureux ! Et maintenant il ne restait de lui qu'un portrait que Maria de Lourdes gardait, ultime souvenir de son « inoubliable Osvaldo »...

Une pauvre petite, Maria de Lourdes !

VII

Ce soir-là Paulo Rigger avait dîné avec Ricardo Brás qui avait, quelques jours plus tôt, obtenu son diplôme. Ils avaient beaucoup parlé. De tout. Du Brésil, de la révolution dont les journaux étaient pleins. Paulo Rigger ne croyait pas que la révolution améliore le Pays. Ricardo non plus. L'empirer, en tout cas, c'était impossible. Le Brésil « était au bord du gouffre ». Une phrase rhétorique mais vraie.

— Eh bien qu'il y tombe ! Qu'il y tombe ! Ce doit être très drôle le Brésil au fond du gouffre...

Ils éclatèrent de rire.

Ricardo trouvait malgré tout qu'au Brésil il y avait des problèmes intéressants, dignes d'être étudiés.

— Le plus grand problème du Brésil est de savoir si son nom s'écrit avec un *s* ou avec un *z*.

— Non, il y a des problèmes intéressants. Le problème du Nord...

Jerônimo Soares, qui était lui aussi venu au *gueuleton* de Brás, entra dans la discussion :

— On doit aussi penser au bonheur du peuple... au bonheur de la Patrie...

Rigger en doutait :

— On ne doit s'occuper que de son propre bonheur. Le jour où chacun sera heureux, l'humanité le sera... Cette histoire de se sacrifier pour le bien-être commun, je n'en suis pas. Et la Patrie... Je n'ai pas le sens de la Patrie. Je ne me suis senti brésilien que deux fois. Une fois, au Carnaval, quand j'ai dansé le samba dans la rue. L'autre, quand j'ai rossé Julie après qu'elle m'avait trahi.

— C'est Ticiano qui a raison. Dans son article de présentation de l'*Estado da Bahia* il a bien défini la Patrie.

Ricardo se souvenait.

Jerônimo récita le passage :

— « La Patrie est le lieu où l'homme, pauvre animal inférieur, trouve de quoi se nourrir et où il couche avec une femme ou avec un autre homme, selon ses préférences. »

— C'est bien ça !

À vrai dire, Gomes s'était mis en rage. Il criait que le journal était discrédité. José Lopes, en riant, ne critiquait que le morceau homosexuel. Et ils avaient mis Gomes en boîte.

— Moi, par exemple, je suis né au Brésil. Mais ma formation est tout entière française... Ce que je suis, je le dois à la France. Quelle est ma Patrie ? Dans une guerre entre le Brésil et la France, pour qui devrais-je me battre ?...

— Et le problème politique, demanda Jerônimo, qu'en pensez-vous ? Le mouvement fasciste est grand. La propagande communiste énorme.

— Je ne suis ni pour l'un ni pour l'autre. Le Brésil ne doit pas importer de systèmes politiques. Jusqu'à présent nous avons tout importé. Même une constitution. Elle nous a réussi ? Nous devons tout nationaliser, des systèmes de gouvernement jusqu'aux prostituées... Ni communisme ni fascisme... Ni Polonaises ni Françaises..., expliquait doctement Ricardo.

— Attention, Ricardo, ce rubis que tu portes au doigt donne une maladie contagieuse : la rhétorique... Eh bien moi, je suis communiste... — et Rigger s'étrangla avec un morceau de viande.

Jerônimo n'y croyait pas :

— Communiste, toi ? Un aristocrate ? À d'autres, cette chanson...

— Mais, Rigger, le communisme est bien beau en théorie... Dans la pratique, c'est un désastre. Égalité, égalité... Ensuite les ouvriers qui gouvernent font rosser le peuple… C'est ça le communisme dans la pratique.

— Mais c'est précisément pour ça que je suis communiste… Le communisme ferait rosser les Brésiliens trois fois par jour. Le peuple marcherait droit… Au Brésil, je suis communiste pratique. Le seul remède efficace pour les Brésiliens, c'est le fouet…

— Ah, ah, ah ! Te voilà qui deviens un nouveau Ticiano.

— Pauvre Ticiano, presque aveugle ! Et il continue à sourire de la vie, supérieur…

— Parfois je pense que Ticiano a raison. Que notre vie doit être un chapelet de malheurs, de désillusions… Que le bonheur n'est pas fait pour nous…

— … qu'on vit pour vivre… Peut-être. Mais je ne veux pas m'en convaincre. J'espère encore…

— Moi aussi, fit Rigger en inclinant la tête vers ses mains.

— Eh bien moi, je suis pour Ticiano, opposa Jerônimo.

Rigger murmura à Ricardo :

— D'après les théories de Ticiano, Jerônimo est le seul d'entre nous susceptible d'être heureux…

— Mais il craint qu'on le juge inférieur…

Ils parlèrent des femmes.

— Alors tu as complètement oublié Julie, Paulo ?

— Oui. La chair, Ricardo, je suis d'accord avec toi, n'est pas tout dans l'amour...

— Ah ! Enfin... Je ne te le disais pas ? Si tu l'avais aimée aussi avec le cœur, tu ne l'aurais jamais oubliée...

— Sans doute... Mais je crois que l'amour n'existe plus. Peut-être a-t-il existé. Aujourd'hui il n'y a plus que la chair... Qui ne satisfait pas, c'est vrai...

— Il y a encore des cas d'amour-sentiment, de mariages heureux, de passions...

— Oui. Dans les romans de Pérez Escrich.

★

À la porte du cinéma illuminé, le miracle. Les deux yeux brumeux de Maria de Lourdes souriaient. Ses lèvres aussi souriaient à Paulo Rigger. Et il sentit que son cœur chantait une chanson d'allégresse. Il resta à l'admirer. Quels yeux ! Grands, sombres, tristes... Étaient-ils faits de brume ou de doute ? Et ces cheveux châtains qui rêvaient d'être blonds... Une cascade de cheveux (oui, la rhétorique, eh oui !). Des lèvres humides, avides d'amour...

À la porte du cinéma s'agglutinaient les femmes, dans une confusion dont les garçons profitaient pour chatouiller les filles.

Maria de Lourdes allait entrer. Paulo se précipita au guichet. Il donna deux mil-réis, laissa la monnaie... Et il entra avec Maria de Lourdes, sans permettre que les audacieux la touchent comme ils faisaient avec les autres.

Dans le cinéma la projection avait déjà commencé. Elle resta debout à côté de sa marraine qui s'était assise sur le dernier siège de la salle comble. Elles avaient prévu de se relayer. À chaque changement de programme elles changeraient de place. L'une s'assiérait et l'autre regarderait debout.

Sur l'écran, Tom Mix, chevalier errant de l'Arizona, accomplissait des prouesses dignes du Moyen Âge pour conquérir le cœur de sa dame. Paulo Rigger parla beaucoup, debout derrière Maria de Lourdes. Des cheveux de la jeune fille se dégageait un parfum fort, intense (deux mil-réis le flacon à la boutique de *seu* Oseias. Personne ne croirait qu'il coûte moins de quarante mil-réis. *Seu* Oseias expliquait que c'était de la contrebande...).

Paulo lui dit le vide de sa vie. La tristesse d'être seul. « Voulez-vous être la déesse de mon existence ?... Devenez la Madone de mon cœur... » Il loua ses yeux. Si jolis... Et ses cheveux... Et tout... Elle avait l'air d'une apparition orientale… Une Schéhérazade qui venait lui conter de belles histoires pour l'égayer. Si jolie… Elle devait être bonne, aussi…

Elle souriait en regardant le film. Mais elle ne le voyait pas bien. Sur l'écran, le visage de Tom Mix se confondait avec celui de Paulo Rigger qui continuait à parler, derrière elle…

Changement de programme. Lumière dans la salle. La marraine se leva mais Maria de Lourdes la fit se rasseoir. « Reste, marraine, je suis bien debout. »

Paulo Rigger sortit du cinéma, l'âme débordant de bonheur. Il avait envie de crier de toute la force de ses poumons : « Eurêka ! J'ai trouvé la Félicité ! » Il suivit Maria de Lourdes jusque chez elle. Monta la Ladeira du Pelourinho, si absorbé qu'il ne sentit pas les pierres saillantes de la chaussée coloniale. Le groupe qui entourait Maria de Lourdes s'arrêta devant une haute bâtisse. Il donnait l'impression d'un cercueil, ce *sobrado*. Dans le carré de l'escalier, l'obscurité régnait, triomphante. Pas un rayon de lumière ne pénétrait là. À la porte, des dames qui demeuraient tout près dirent bonsoir. En face, Rigger fumait une cigarette en fixant Lourdes d'un regard languissant, humide d'amour.

Elle, très élégante dans un délicieux ensemble, le regardait à la dérobée, en extase. Quand les dames furent parties, Dona Helena, somnolente, proposa :

— Nous montons ?

Elles montèrent. Avant de pénétrer dans les ténèbres, Maria de Lourdes caressa de son regard brumeux la joie naissante de Paulo Rigger.

Il resta presque une demi-heure à attendre qu'elle apparaisse à l'une des fenêtres des trois étages. Il ne savait pas que cette triste soupente n'avait pas de fenêtres sur la rue. Rien qu'une porte sur l'escalier immonde...

Finalement il se découragea. Et monta la rue en chantonnant...

Les amis, à l'exception de Pedro Ticiano dont les yeux n'affrontaient plus l'obscurité de la nuit, étaient au bar habituel. Ils écoutaient Jerônimo Soares qui racontait la très intéressante histoire d'un critique littéraire bahianais, surpris en train de recevoir de l'argent d'un *pseudo-intellectuel* pour faire l'éloge d'un livre de vers à paraître ces jours-ci.

Rigger, qui nageait dans une mer d'allégresse, révéla une bonté jusqu'alors inconnue chez lui :

— Allons, on ne doit pas y faire attention. On doit excuser. Pardonner... On doit toujours pardonner dans la vie. Les hommes supérieurs doivent aimer leur prochain...

— Et surtout leur prochaine, railla Gomes, ravi.

— Laisse ces plaisanteries stupides, mon vieux... Tu disais, Rigger...

— Que nous devons nous aimer les uns les autres. Et avoir une grande indifférence pour ces hommes qui ne sont, ni ne peuvent être nos égaux... Nous devons leur pardonner, toujours... Rien de ce qu'ils font de sot, de ridicule ne doit nous étonner... Ils sont inférieurs. *Ils ne savent pas ce qu'ils font...*

— Bravo, Messie !

— Je ne savais pas que tu avais un si grand cœur...

José Lopes était d'accord avec Rigger. Ricardo et Jerônimo Soares appelaient ça « encore une *blague** de Paulo ».

— On ne doit pas pardonner l'imbécillité. On ne doit ni ne peut... Alors je devrais pardonner la *bêtise* crasse de ces mulâtres qui publient une revue qui est une offense à la grammaire et aux belles-lettres du pays ? demandait Ricardo Brás.

— Ce n'est pas leur faute. Ce n'est pas eux qui se sont créés stupides.

Jerônimo regrettait que Pedro Ticiano ne soit pas là pour entendre la *révélation* des bons sentiments de Paulo Rigger.

— Mais ils devraient comprendre leur médiocrité et ne pas se montrer. J'excuse les idiots convaincus de leur nullité. Ceux qui pensent être quelque chose, non...

L'opinion de José Lopes pesa sur le groupe :

— Je crois qu'on ne doit pas s'occuper de ces gens... Et leur donner de l'importance... Pourquoi penser à cette canaille ? Mieux vaudrait oublier qu'ils existent...

— Et ils existent vraiment ? Ils ont assez de consistance pour exister ? Ils vivent, ils n'existent pas... appuya Gomes en lançant dans l'atmosphère des bouffées de fumée.

— Pourquoi es-tu si content aujourd'hui, Paulo ?

— Va savoir ! Peut-être aujourd'hui ai-je rencontré la Félicité... qui sait si je n'ai pas découvert le chemin, aujourd'hui... La *fin* n'est peut-être pas hors de ma portée...

— Tu serais amoureux, Rigger ? s'étonna José Lopes. Tu en es bien capable. Les hommes qui, comme toi, se disent cérébraux sont les pires sentimentaux.

— Nul ne sait où finit le cerveau et où commence le cœur...

— Tu es capable de passions subites... Regarde l'histoire avec Julie. Tu as réussi à aimer cette femme.

— Je la désirais, c'est tout.

— Prends garde, Paulo, prends garde. Ne va pas faire une bêtise...

José Lopes n'avait pas à s'inquiéter. En fait, il n'y avait rien. Il avait fait la cour, au cinéma, à une petite jolie et romantique. Il lui avait murmuré des fadaises à l'oreille. Elle n'avait même pas répondu. Simplement souri. C'est vrai que ça lui donnait une grande satisfaction. Mais il n'y avait rien de sérieux...

Néanmoins José Lopes lui recommandait de faire attention. Ricardo Brás, au contraire, conseillait à Paulo Rigger de poursuivre l'aventure.

— Ce peut être le début de ta Félicité. Personne n'a le droit de la laisser fuir... Moi, dès qu'apparaît mon idéal, je me marie. Si Dame Félicité passe à portée de ma main, je t'affirme que je m'y accrocherai...

— Allons ! L'amour n'est la finalité de la vie de personne. Ni l'amour ni le mariage. L'amour ne supprime pas l'insatisfaction, l'inquiétude. Cette inquiétude est une chose beaucoup plus sérieuse. Ticiano dit vrai, je le reconnais. Le problème est très cérébral...

— Tu changes d'idée en peu de temps. Il y a quelques jours tu affirmais que cette insatisfaction était une question de sentiment. À peine de cerveau. Moi, je suis pour ce que tu disais l'autre jour, vieux frère...

— C'est un mélange. Sentiment et cerveau. Mais seul le cerveau décide. J'ai dit aussi qu'on n'arrive pas à être heureux à travers le cerveau... Le sentiment peut se satisfaire, mais pas le cerveau. L'amour ne résout pas le problème, par conséquent...

— Il le résout. Seules les choses humaines, naturelles, peuvent donner la joie et le bonheur à la vie... Tu as compris ?

— J'ai compris et je ne suis pas d'accord. Tout ça est bien peu de chose. La philosophie, la connaissance philosophique, oui, peut-être console un peu. Peut-être même résout-elle le problème. Je pense le résoudre ainsi...

— La philosophie, allons donc ! Seules les choses naturelles, l'amour, l'instinct, la foi, le travail peuvent nous satisfaire... Seules les choses les plus communes aux hommes...

— Non. Seulement la philosophie.

— J'ai échoué en cherchant la solution dans l'instinct, dans la chair, expliqua Rigger. Je suis capable de la chercher dans l'amour-sentiment. J'irai même jusqu'à la religion... Mais pas jusqu'à la philosophie. La philosophie doit aboutir à une horrible confusion. Nous montrer cinquante chemins. Et cinquante chemins impraticables...

— Exactement !

— Et comment pourras-tu arriver à la religion sans la philosophie ? L'amour, j'admets que tu y arrives par les sens. Mais la religion ?...

— J'y arriverai par le sentiment. Sans lire de traités. Sans faire connaissance avec Maritain et avec saint Thomas... Je serai catholique, jamais thomiste...

— C'est de la *blague**, Paulo. Tu n'arriveras pas à l'amour, encore moins à la religion ! Tu seras un Ticiano dans la vie. Sans le courage de te réaliser. Vivant, existant seulement...

— Non. Je tenterai. José Lopes est irrité aujourd'hui. Pourquoi ?

— Je ne suis pas irrité. Un brin plus désillusionné, c'est tout. Je ne crois même plus à la Sérénité... Ticiano dit que nous sommes les « mendiants de la Félicité »...

— Il a raison. Pour moi, Ticiano a résolu la question de notre inquiétude, de l'inquiétude de tout le monde d'aujourd'hui, et garde jalousement son secret... Il ne se préoccupe pas de la vie... Le bienheureux !

— Bienheureux, lui ! C'est un sceptique. Il se place au-dessus de la vie. Se fait spectateur. Il ne vit pas. Il commente. Ironise. Satirise. Détruit. C'est tout. Ce n'est pas du bonheur. C'est la déification même de l'inquiétude, du malheur. Ticiano pense que seule la douleur est esthétique. Seule la douleur est belle. Et comme il met la beauté au-dessus de tout, il aime la douleur. Il adore être vaincu. Il se vante de son échec. Il a écrit l'autre jour la « Ballade grise de mon doute ». Un voltairien à demi épicurien. Non. Épicurien, non. Il ne ressent même pas de joie dans la vie. Il ressent de l'indifférence... Et il assure que nous deviendrons comme lui. Parfois, je le crois. Et je deviens comme vous m'avez vu aujourd'hui. Je contredis mes propres opinions. Je deviens un disque qui répète ce que Pedro Ticiano débite aux tables des bars...

— C'est curieux, observa Rigger, comme nous combattons Pedro Ticiano bien qu'il soit notre maître. Nous avons appris avec lui l'indifférence et le scepticisme. Maintenant nous combattons ce scepticisme... Ticiano le remarque.

— Il le remarque. Mais il se rit de nous, sachant qu'à la fin nous nous rendrons compte qu'il a raison...

— Oui, finalement, nous lui devons ce que nous sommes. À lui qui est, avant tout, un ami. Sceptique, indifférent, mais ami jusqu'au bout.

— La règle de vie de Ticiano est « savoir être ami et savoir être ennemi ».

José Lopes le plaignait. Presque aveugle, pauvre ! Quelle tragédie, la vie de cet homme de tant de talent, qui allait finir sans pouvoir sortir de chez lui, sans pouvoir lire... C'était horrible !

Ils prirent le dernier verre. Paulo Rigger distribua des aumônes aux mendiants et aux vagabonds qui, devant la cathédrale, étalaient des papiers par terre — le lit le plus doux dont ils disposaient pour reposer leur corps endolori...

Jerônimo félicita Paulo de sa charité :

— Et toi qui as toujours combattu l'aumône, hein ? Un de ces jours tu iras à Nosso Senhor de Bonfim...

Puis, phraseur :

— Ces hommes souffrent de la seule tragédie véritable... Celle de la faim...

— Pas du tout. La nôtre est bien plus grande, coupa José Lopes.

— Notre faim est la faim de l'esprit.

Paulo Rigger rêva de Maria de Lourdes.

Le lendemain matin il ressentit un plaisir immense à jouer avec les poussins et à donner du grain aux poules, dans l'enclos du jardin... Si bonne, la vie bourgeoise de la famille...

Et s'il se mariait ? Il aurait un fils auquel il enseignerait que la Félicité réside dans l'amour...

Il s'assit dans le fauteuil à bascule et resta à méditer. Il pensa à Maria de Lourdes, au mariage, aux enfants, à Pedro Ticiano.

Il se leva :

— Je finirai par me suicider...

Un chat se frotta à ses jambes. Il lui donna un coup de pied. Mais aussitôt, se repentant, il le prit dans ses bras et, le portant jusqu'à une fenêtre, lui conta ses doutes.

Le chat, très prudent, préféra ne pas donner de conseils... Il leva sa tête aristocratique, le regarda attentivement et se lécha les pattes. Sage et profond chat. Il se lavait les mains du problème de Paulo Rigger...

VIII

Ricardo Brás aimait, le dimanche, aller à la messe de dix heures à la cathédrale. Il se levait tôt, s'habillait le plus élégamment possible pour, comme le déplorait José Lopes, perdre sa matinée. Il arrivait à l'église alors que la messe se terminait. Et il restait dehors, à la porte, pour admirer le défilé des jeunes filles élégantes qui venaient mortifier leurs genoux sur les dalles du lieu saint.

Un jour où il était là, contemplant le galbe parfait d'une jeune fille, on le tira par le bras. Il se retourna.

— Toi, Antônio ?

Ils se donnèrent l'accolade. C'était l'avocat Antônio Mendes, son condisciple, un garçon riche et de bonne famille qui connaissait la terre entière.

— Antônio, toi qui connais toutes ces jeunes filles, sais-tu qui est celle-ci, en noir ?

— Bien sûr. Une jeune fille pauvre… je veux dire qui n'est pas riche. Mais très élégante. Tu veux être présenté ?

— J'aimerais, oui.

Ils se dirigèrent du côté où se trouvait la jeune fille — très bien habillée, pâle, les yeux mi-clos, indolents. Elle n'était pas vraiment jolie. Très sympathique, c'est tout.

— Oh, docteur Antônio ! Ça va bien ?

— Bien. Et vous-même, Dona Mercedes ?

— Comme-ci comme-ça…

— Et vous, mademoiselle Ruth, comment vous portez-vous ?

— Pas mal, merci.

— Je voudrais vous présenter mon excellent ami, le docteur Ricardo Brás. Il vient d'être reçu dans la même promotion que moi. Et il est aussi poète.

— Oh non, mesdames ! Seulement journaliste…

Ruth le savait. Il travaillait à l'*Estado da Bahia*, n'est-ce pas ? C'est qu'elle voyait sans cesse Ricardo !

— Où ça, mademoiselle ?

Dona Mercedes s'empressa d'expliquer :

— Nous sommes voisines du docteur Pedro Ticiano…

— Ah ! *Mon cher directeur…*

— … et vous venez sans cesse chez lui.

— C'est vrai. Ticiano a été un grand ami pour moi.

Antônio Mendes prit congé. Ricardo resta. Par hasard, il allait déjeuner avec Pedro Ticiano. Il les accompagna jusqu'au tramway. Ils montèrent. Et la conversation suivit son train, tranquille, enchantant Ricardo. Ruth connaissait son volume de vers.

— Alors vous vous faites une triste idée de moi.

— Non. Au contraire. J'aime beaucoup le livre. C'est maman qui n'aime pas l'un des sonnets.

— Lequel ?

— Celui appelé « Froide ». Il est un peu *fort*.

— Ah oui !... « Froide »... Ce sont mes amis qui ont tenu à le mettre là...

Ricardo pensait à ses vers. Il avait considéré « Froide » comme son meilleur sonnet. Et justement celui-là avait déplu à la mère de Ruth...

À la porte de la maison, elles lui dirent de « venir quand il voulait, pour bavarder ».

— C'est que je suis capable d'abuser de l'invitation...

— Le plaisir sera pour nous...

Ricardo entra chez Ticiano qui occupait alors une pièce sur le devant dans la demeure d'une famille. Mais Ticiano se trouvait obligé de déménager. Il devrait habiter avec son fils marié. Car il y voyait difficilement... Et tout son corps lui faisait mal. Il irait mourir chez son fils. Au moins, il ne mourrait pas parmi des étrangers...

— Ticiano, je suis venu déjeuner avec toi.

— Là où il y en a pour un, il y en a pour deux...

*

L'*Estado da Bahia* pouvait être considéré gagnant... Mais c'était une victoire « à l'envers ». Il avait gagné par l'antipathie. Tout le monde achetait l'*Estado da Bahia* pour voir qui allait recevoir une *volée* ce jour-là. Ce n'était pas un journal à scandale. Mais il disait la vérité et avait du courage. Et un journal qui dit la vérité, à Bahia, dit des choses pires que le journal le plus infamant de l'univers.

S'il n'y avait eu ces éternelles disputes entre Pedro Ticiano et A. Gomes, tout serait allé admirablement. Mais les deux directeurs avaient des discussions violentes. Gomes, avec sa manie de s'enrichir, voulait exercer une censure sur les articles de Ticiano, qui ne l'admettait sous aucun prétexte. Et ils se disputaient des heures durant. Gomes n'était pas d'accord pour que l'on attaque des personnages qui pouvaient donner de l'argent au journal.

— Je ne ferai pas partie d'un journal à chantages, déclarait Ticiano.

— Ce n'est pas du chantage, c'est de la politique, sapristi ! — et Gomes usait ses poumons à crier.

José Lopes arrangeait les choses. L'article paraissait toujours un peu atténué. Pedro Ticiano s'en contentait.

Gomes grommelait encore :

— De cette façon nous ne gagnerons jamais d'argent...

Il ne pensait qu'à gagner de l'argent, à s'enrichir. Et n'était-ce pas ce qu'il faisait, la canaille ? Maintenant il habitait sur l'Avenue, fumait des cigares chers et (disait-on mais personne n'y croyait) fréquentait même des maisons de femmes...

Et rêvant, regardant la fumée qui s'échappait de son cigare, il jurait que, quand « il aurait deux mille contos, il serait heureux ».

★

Paulo Rigger avait passé des jours pour rien devant cette haute façade de la Ladeira du Pelourinho. Jamais il n'avait réussi à voir Maria de Lourdes. Et son image commençait à disparaître de son esprit quand, un après-midi, descendant en automobile (autrefois il allait à pied, tranquillement...), il vit Maria de Lourdes qui sortait de la maison. Il arrêta la voiture. En sauta. Elle le regarda en souriant.

— Je pensais ne plus vous voir...

— Et moi aussi. Sans ce hasard qui vous fait passer maintenant... Vous alliez où ?

— Nulle part. Je passais exprès pour vous voir. Je suis venu ici des jours de suite. Je n'avais pas encore réussi à vous apercevoir. Vous ne vous montrez pas à la fenêtre...

— Là où j'habite il n'y a pas de fenêtre, monsieur...

— Pas *monsieur*. C'est trop cérémonieux...

— Bien. Là où j'habite il n'y a pas de fenêtres. C'est une soupente. Je suis très pauvre... Et vous... vous avez l'air d'être très riche. Une belle automobile ! Jamais vous ne pourrez aimer une fille comme moi. Et moi qui pensais que vous étiez un employé de commerce avec lequel je pourrais être heureuse !...

— Ne dites pas ça... Quel est votre nom ?

— Maria de Lourdes Sampaio. Chez moi, Lourdinha. Et vous, vous vous appelez comment ?

106

— Paulo Rigger.

Elle s'intéressa à ce qu'il faisait. Elle aimait beaucoup les avocats, mais n'avait pas de sympathie pour les journalistes. Dona Helena (et Dona Helena avait l'expérience de ces choses) disait que les journalistes étaient très volages. Elle voulut savoir ce qu'il faisait le plus, l'avocat ou le journaliste ?...

— À dire vrai, je suis plutôt journaliste. Je travaille dans le journalisme. Comme avocat, je n'exerce pas. Mais je suis un journaliste différent.

— Volage ?

— Non. Quand j'aime, j'aime vraiment...

Et ils commencèrent à se rencontrer tous les jours. Il adorait sa naïveté, sa tristesse, l'amour qu'elle lui portait, cette tendresse qu'elle montrait pour lui. Jamais il n'avait rencontré quelqu'un qui l'aime ainsi. Et il commença à croire que la Félicité était dans l'amour...

★

La famille de protestants qui habitait le quatrième déménagea. Dès le lendemain, une Italienne loua tout l'étage pour monter une pension. Paulo Rigger le sut. Maria de

Lourdes le lui avait dit. Il eut une idée. Ils se promenèrent comme d'habitude et, au retour, quand ils s'arrêtèrent dans le carré de l'escalier, il l'attira contre lui.

— Chérie, demain je vais te faire une surprise.

Leurs joues se touchaient. Il l'embrassa longuement.

— Oh ! Paulo...

— Pardon, ma petite fiancée...

Dans l'escalier Georgina riait, heureuse d'avoir pris en faute Maria de Lourdes. En cinq minutes, tout le voisinage savait que Maria de Lourdes, en bas, faisait quotidiennement des inconvenances avec le docteur Paulo, ce garçon à l'automobile qui écrivait dans le journal.

— Les saintes nitouches sont les pires, prononça Dona Helena.

Dans la tristesse de sa chambre, Dona Pombinha entendait tout, anxieuse, avec une envie folle de les démentir, de les tuer.

Quand Lourdinha monta, tout l'étage la regarda en ricanant. Elle passa, impassible.

Sa marraine l'interrogea. Mensonge ! Infamie de cette Georgina ! Ce jour-là il l'avait embrassée. Mais il l'avait appelée sa « petite fiancée ». Il allait faire sa demande. Elle se jeta dans les bras de sa marraine, en pleurant.

★

Ricardo Brás était préoccupé. On ne le voyait presque plus. Il avait ouvert à la rédaction de l'*Estado da Bahia* un cabinet d'avocat. Et il passait ses journées à attendre son premier client. Il voulait se marier, ce garçon. Ruth et lui s'aimaient. Mais la maigreur de ses émoluments l'empêchait de penser au mariage. Il gagnait cinq cents mil-réis à la mairie. Se faisait deux cents mil-réis à l'*Estado da Bahia*. Ça ne suffisait pas pour vivre. Et, de plus, il n'allait pas être un pauvre petit gratte-papier toute sa vie. Et le garçon se rongeait en pensant aux moyens qu'il pourrait découvrir pour gagner bien.

— Si j'avais l'âme de voleur de Gomes !

— Le chien ! Qu'il aille se faire voir ailleurs...

Le père de Ruth lui avait dit que, dès qu'il serait en état de faire vivre son épouse, il vienne demander la petite. Pour être à son goût, il l'était. Mais qu'il soit en état de la faire vivre. Pour la laisser mourir de faim, non !

Désespéré, Ricardo s'arrachait les cheveux.

— Voilà qu'on touche à la Félicité et qu'elle se dérobe... Quelle fatalité !

Pedro Ticiano lançait des anathèmes :

— Fasse le ciel que tu ne trouves pas d'argent. Ainsi, seulement, tu éviteras d'être malheureux… Le mariage ne te donnera pas la Félicité, Ricardo…

— Malheureux, moi ? Je me connais bien, Pedro.

— Mais je te connais encore mieux…

★

La préoccupation maintenant les absorbait presque complètement. Ricardo tout dédié à Ruth. Paulo Rigger ne pensait qu'à Maria de Lourdes. José Lopes, lisant de plus en plus, enfoncé dans ses livres de philosophie, vivait une lutte intense. Il était partagé entre l'instinctivisme et le spiritualisme. Il recherchait ses amis pour discuter, se délivrer de ce poids. Mais ses amis se montraient peu. Tout à l'amour, ils venaient juste à la rédaction faire en vitesse leurs notes. Pedro Ticiano était insupportable.

De plus en plus *blagueur**, il lui avait répondu quand il lui avait parlé de la question :

— Les spiritualistes ne connaissent pas l'esprit, et les matérialistes ne connaissent pas la matière. Le doute est l'unique attitude. Tu vois toute la confusion moderne. Eh bien moi, le sceptique, je me mêle à elle, je la sens, mais cependant elle ne me vainc pas.

— Mais tu ne te sens pas inquiet ? Tu ne sens pas le manque de *quelque chose* ?

— Je me sens inquiet. Je ressens le doute. Mais contrairement à vous, je ne cherche pas de solution à cette inquiétude et à ce doute. Au contraire, j'en fais la *fin* de ma vie. C'est en eux que consiste ma Félicité. Le jour où je cesserai de douter, où j'aurai une certitude, il me sera impossible de vivre.

— Tout ça est vieux, Ticiano. Ta génération a déifié le doute. La mienne le combat.

— Ce qui veut simplement dire que ma génération a été supérieure à la vôtre.

— Le cas de nos générations est le même que celui de la littérature d'avant et d'après la guerre... L'une, une littérature de phrases, l'autre, une littérature d'idées.

— Ce n'est pas ça. Mais, même si ce l'était, je serais pour la littérature d'avant la guerre. Moi, quand je lis un article, je ne veux pas savoir si son auteur a ou n'a pas de bonnes idées, s'il est ou non utile. Ce que je veux savoir, c'est s'il est ou non un écrivain, s'il écrit bien ou mal. Mais la vérité, c'est que la littérature anatolienne avait aussi des idées. Donnait des solutions. Elle recommandait que l'on doute toujours. C'est ou ce n'est pas une solution ? Elle plaçait la beauté au-dessus de tout.

Vous acceptez Dieu parce que Dieu est utile. Nous, nous le niions parce que nous trouvions qu'il ne satisfaisait pas notre idéal esthétique.

— Vous étiez terriblement égoïstes. Egolâtres parfois.

— Et vous, vous pratiquez l'égoïsme sous sa forme la plus vile : l'humanitarisme. Nous voulions l'aristocratie du talent, de l'esprit. Vous, aujourd'hui, vous défendez l'aristocratie de la force. Vous êtes responsables de la faillite de l'intelligence… Seule la culture vaut quelque chose. Parce que seule la culture est utile.

— Mais vous avez échoué.

— Oui, parce que toute victoire dans la vie est un échec dans l'Art…

— Le temps des paradoxes est passé, Ticiano.

— C'est vrai. Est venu celui des citations…

*

Maria de Lourdes se réveilla en chantant. Sa voix résonnait, fraîche, dans toute la soupente. Elle approcha la tête de la lucarne qui donnait sur le toit voisin. À la fenêtre du quatrième étage, un garçon lisait, attentif. Elle le reconnut.

— Paulo !

— Lourdinha ! Je ne te disais pas que j'allais te faire une surprise ? J'ai loué une chambre ici, pour être plus près de toi...

Le soir, il vint dans l'escalier bavarder avec elle. L'obscurité régnait. Il l'embrassa beaucoup. Sa main glissa sous la blouse et rencontra un sein. Elle laissait faire, très pâle. Ils s'enlacèrent.

— Paulo...

— Ma Lourdinha...

Et la vie s'écoulait ainsi. Tout le quartier ne parlait que des amours scandaleuses du jeune homme riche et de Maria de Lourdes. Georgina assurait que, dans l'escalier, elle avait surpris des indécences sans nom. Et elle contait à ses amies des choses stupéfiantes.

Comment les savait-elle ?

Elles l'épiaient, elle et les autres, derrière la porte de la soupente. Il arrivait, la prenait sur ses genoux. Il l'embrassait. Lui pétrissait les seins. On se demandait comment elle était encore *fille*...

— Manque de place..., grognait Dona Helena. Ces saintes nitouches... Ces saintes nitouches...

Maria de Lourdes ne prêtait pas l'oreille à ces choses. La marraine non plus.

Paulo Rigger, pour fermer la bouche à tout ce monde, demanda Maria de Lourdes en mariage.

Elle, vindicative, offrit un chocolat aux habitants de la soupente. Et elle savourait les félicitations pleines d'envie.

Mais le soir, quand elle fut couchée, sa marraine entendit qu'elle pleurait beaucoup. Elle ne lui demanda pas ce qu'il y avait. Le bonheur, naturellement. Mais seule Maria de Lourdes savait pourquoi elle pleurait. Elle n'avait pas eu le courage de dire à son fiancé *cette chose* qui la torturait...

IX

Le film de la vie de Maria de Lourdes re-
passa en séance spéciale pour elle seule. Et
elle revit le temps où elle fréquentait Osvaldo. Elle n'avait pas encore quinze ans.
Une gamine qui n'avait de la vie que la
conception vague que l'on acquiert sur les
bancs du collège. Osvaldo était entré dans
ses dix-huit ans et, en même temps, il était
entré pour la première fois dans une maison
de femmes. Il apprit ce qu'était la Chair.
Mais il apprit en vitesse, sans réfléchir. Et
ses fiançailles avec Maria de Lourdes (des
fiançailles d'enfants) commencèrent à prendre une autre tournure. Elle, toute naïveté,
s'en remettait à lui.

Un jour — ça lui faisait mal de se rappeler
le jour de sa déchéance —, il l'avait emmenée
dans sa chambre. Elle en était sortie heureuse. Longtemps elle ignora ce que cela signifiait. Ce n'est que lorsqu'elle alla habiter le

Pelourinho qu'elle sut, par les conversations d'Helena et de Georgina, qu'une fille qui s'est laissé posséder par un homme ne peut plus se marier, car les lois considèrent que c'est dans une peau intacte que réside tout l'honneur du monde.

Elle garda son secret en silence. Et, quand Paulo Rigger commença à l'aimer, elle commença à souffrir. Elle n'avait pas le courage de lui révéler son terrible secret. Lui, si jaloux... Même d'Osvaldo qui était mort (après avoir usé ses poumons dans les maisons de prostituées), il était jaloux. Que serait-ce lorsqu'il saurait toute la vérité ! Mais elle dirait tout. Il l'apprendrait fatalement tôt ou tard... Pourquoi le tromper ? Et Paulo Rigger ne parvenait pas à comprendre la raison de la tristesse de Maria de Lourdes.

Aucun de ses amis ne crut à ses fiançailles. Pas même Ricardo Brás... Une *blague*★ de Paulo. Il les faisait marcher... Fiancé, lui ? *Ta, ta, ta !*

— Vous ne trouvez pas ça comique ? — et Gomes crevait de rire.

Cependant Paulo Rigger était fiancé. Et il ne voulait pas faire traîner le mariage. Il allait se marier tout de suite pour ne pas laisser échapper la félicité. Il passerait quelque temps en Europe... Non, pas l'Europe. Il ne retournerait pas en Europe où il avait appris le scepticisme. Maintenant qu'il avait résolu le problème de sa vie, qu'il avait trouvé sa *finalité*, il ne retournerait pas à cette officine d'indifférents, de *blasés*★... Il irait sur ses terres. Sa lune de miel ne finirait jamais... Et après ? Après, la félicité de tous les jours... Et après ? Cette même félicité.

Paulo Rigger ne se rassasierait-il pas de cette béatitude domestique ? Et Pedro Ticiano buvait son café à petites gorgées.

— Non, Ticiano. Jusqu'aujourd'hui, je n'ai rien fait d'autre que de chercher la Félicité. Je la trouve. Vais-je m'en fatiguer ?

— Mais tu es vraiment fiancé ? s'enquit Ricardo Brás, dubitatif.

— Je le suis, Ricardo. Depuis quelques jours.

— Et qui est la fiancée ?

— Une petite que j'ai rencontrée dans la vie. Très pauvre, mais très bonne.

— Une petite mulâtresse, précisa José Lopes, de famille inconnue. Je n'aurais jamais pensé que Paulo tombe à ce degré de stupidité...

— Écoute, José, je vais te dire une chose. Si tu parles à nouveau de ma fiancée de cette façon, nous romprons toutes relations.

Paulo très sérieux, très raide, commença à se lever. Lopes le fit rasseoir.

— Que ta volonté soit faite, mon vieux. On ne parlera plus de ton excellentissime fiancée...

Maintenant c'était le tour de Ricardo Brás de se lever.

— Où vas-tu ?

— Je vais recevoir un éminent homme politique de ma terre qui arrive aujourd'hui. Un parfait animal ! Et par-dessus le marché, de l'opposition. Il a de l'influence dans certaines zones. Il peut me trouver quelque chose. Moi aussi je veux me marier...

*

— Toute prostituée a une tragédie, Jerônimo. Tu veux voir ?

Et Pedro Ticiano appela la femme qui passait.

— Ma fille, raconte-nous donc, à moi et à cet ami qui est le « dernier romantique », comment tu en es venue à cette vie, cette vie terrible que les femmes mariées disent facile...

Elle ne se fit pas prier. Et se mit à raconter, les yeux baissés, tortillant entre ses doigts le bout de son caraco, presque honteuse. Jolie, cette femme ! Deux grands yeux éperdus et une petite bouche où dansait un sourire d'invite spontanée. Rien d'aristocratique. Le type de la jolie paysanne.

Comme tant d'autres filles... Elle vivait à Nazaré avec ses parents. Elle cousait. Elle gagnait même de l'argent. Un jour, un homme riche et élégant qui était passé se promener dans la bourgade lui avait fait miroiter le mariage, belle maison, automobiles. En ce temps-là elle croyait encore aux hommes. Après, il l'avait laissée, perdue, reniée par sa famille. Alors elle était venue à Bahia. Et voilà son histoire. Celle de tant d'autres.

— Vivant la tragédie des prostituées qui étaient nées pour être mères de famille. En tout cas, ma fille, tu as échappé à une tragédie bien pire, celle de mourir vierge...

Jerônimo serra les poings. Il détesta Ticiano. Cet homme se plaisait à se moquer du malheur des autres. Un misérable...

Pedro Ticiano s'éloignait lentement. La fille, immobile, restait plongée dans ses souvenirs. Si jolie ! Sans que Ticiano le voie, Jerônimo lui donna vingt mil-réis.

— Merci. Vous êtes si bon...

★

Le bar était plein. Attablés çà et là, les bons bourgeois laborieux vidaient voluptueusement leur chope. Ticiano parlait fort, scandalisant un groupe de politiciens. Il récitait des épigrammes. Petites caricatures des *grands talents* de Bahia. Un ivrogne entra dans le bar. Il y avait un prétexte pour ne pas lui donner l'aumône. L'homme voulait boire de la cachaça...

Ticiano l'appela. Lui donna dix sous.

— Tiens, malheureux. La moitié de ce que j'ai dans ma poche.

— Je ne vais pas boire, non, m'sieur.

— Tais-toi, crétin ! Je veux que tu boives... Tu dois boire. Tu aimes l'alcool, non ? Alors, bois. On doit toujours satisfaire ses instincts... J'aime les ivrognes parce qu'ils sont anticonventionnels.

Le pochard, sans comprendre, sortit en titubant.

— Donc l'homme doit être esclave de son instinct ? s'insurgeait José Lopes.

— Tu préfères l'être des conventions ?

Pedro Ticiano habitait maintenant avec son fils. Sa vue avait beaucoup empiré et il ressentait un épuisement général. La mort approchait. L'esprit de Ticiano restait le même. Toujours le même journaliste combatif, l'épigrammiste mordant.

Son fils ne voulait plus qu'il écrive. Il devait cesser cette vie. Rester chez lui, ne pas sortir, abandonner les bavardages quotidiens. Pourquoi continuait-il à écrire encore chaque jour un article et même des notes ? Et, qui plus est, mal payés... Gomes les volait. Il les payait tous mal, eux qui le secondaient comme des amis, et il s'enrichissait.

Et Ticiano se plaignait :

— Quand j'avais dix-huit ans, mon père me harcelait à cause de mes velléités littéraires. Maintenant, c'est mon fils...

Ricardo Brás se joignit à eux. Il venait d'accompagner à bord le fameux politicien de sa terre. L'homme partait enchanté. La note de l'*Estado da Bahia*, avec photo, ça... Un succès !

— Il m'a tout promis, l'homme ! Ruth va être radieuse...

— Toi et Rigger êtes des imbéciles ! Allez vous marier. Allez vous fourrer dans la plus totale médiocrité. Vous vous mariez, soyons sincères, pour posséder vos respectives fiancées. Une fois le sexe rassasié...

— Mais tu te trompes carrément si tu penses que nous nous marions uniquement pour pouvoir coucher avec notre fiancée. Nous nous marions parce que nous avons besoin de tendresse. Nous voulons le sexe et le cœur...

— Et avant d'être rassasiés du sexe, vous le serez du cœur. J'ai été marié...

— Pas du tout ! Nous sentons que cet amour est notre *finalité*.

José Lopes se frappa le front. Une chose qu'il avait apportée pour la lui montrer. Composant sa voix, il lut :

« MADEMOISELLE SENTIMENT. — *Mademoiselle Sentiment, je t'aime, je t'aime tant. Je t'adore. Pourquoi tes yeux fuient-ils les miens quand nous parlons ? Pourquoi cette tristesse qui parfois fait pâlir tes joues ? Pourquoi ne me contes-tu pas tout, ne m'ouvres-tu pas entièrement ton âme, Mademoiselle Sentiment ? Tu sais bien que je t'aime tant...*

— Qui a écrit ce tissu d'âneries ?

— De lieux communs...

— C'est la chronique de demain.

— Tu as écrit ça, Ricardo ?

— Non, Rigger. Il m'avait demandé de faire la chronique de demain.

— Paulo Rigger, si pamphlétaire... si violent...

— Oui. Paulo Rigger qui, en d'autres temps, écrivait le « Poème de la mulâtresse inconnue »...

— Quelle pitié !

— Il est perdu, ce garçon...

★

Quand Maria de Lourdes lut la chronique de Paulo elle resta accoudée à la table, ses yeux fixant le journal où des larmes tombaient.

— Je vais tout lui raconter. Il n'y a rien d'autre à faire. Je sais qu'il ne me pardonnera pas, mais je dirai tout. Il le faut.

Aussitôt après elle perdait courage. Il était si jaloux… Il suffisait qu'elle regarde un autre homme, même sans y faire attention, pour qu'il proteste. Et elle l'aimait tant, mon Dieu ! S'il ne lui pardonnait pas (il était si jaloux du passé !), elle mourrait de douleur. Elle ne résisterait pas.

— À quoi penses-tu, Lourdinha ?

— Oh, Jardelina ! C'est toi ?

Une sœur de Lourdinha. (Jamais elle ne s'était souvenue d'elle avant ses fiançailles avec Paulo Rigger qui était, en fin de compte, un garçon riche. Maintenant elle lui rendait constamment visite.) Elle terminait ses études d'institutrice. Elle admira les livres de Maria de Lourdes, les magazines.

Jardelina s'étonnait de ce que Paulo Rigger n'ait pas souhaité que sa sœur quitte cet endroit infect.

— Il voulait. Il voulait que nous ayons une maison à nous. C'est Dindinha, pleine de scrupules, qui a refusé.

— Naturellement. Qu'est-ce qu'on n'aurait pas dit ? Quand il se mariera, là oui. Pour l'instant c'est moi qui fais vivre la maisonnée. Lui, d'ailleurs, reconnaît que j'ai raison.

— Et il est pour quand, ce mariage ?

— Dans les deux mois qui viennent. Paulo veut se marier à l'improviste, sans cérémonie, sans avertir personne...

— Quel homme excentrique ! Et ensuite, où allez-vous passer votre lune de miel ?

— On ne sait pas non plus. Peut-être Paris, peut-être la campagne...

— Vous permettez...

Paulo Rigger baisa la main de Lourdinha, de Dona Pombinha et salua Jardelina.

— Comment allez-vous, docteur Paulo ?

— Bien, et vous-même ?

Paulo ne supportait pas la sœur de Maria de Lourdes. Il trouvait qu'elle avait une tête d'intrigante. Un nez de perroquet. Les gens qui ont un nez de perroquet ne sont pas fiables, expliquait-il à sa fiancée.

— Nous parlions de votre mariage, docteur. Quand est-ce ?

— Un de ces jours. Vous le saurez le jour où nous nous marierons.

— Vous ne m'inviterez pas à la cérémonie ?

— Non, pour la bonne raison qu'il n'y aura pas de fête. Aussitôt mariés, nous embarquerons.

— Quel homme, mon Dieu ! Et où irez-vous ensuite ?

— Aux États-Unis, nous promener... Je ne connais pas les États-Unis. J'en profite.

— Moi je préfère l'Europe, minauda Jardelina. Et toi, Lourdinha ?

— Moi ? Ce que Paulo voudra.

Ils se regardèrent. Dans ses yeux à elle, une grande tristesse. Dans les siens à lui, une grande allégresse...

Si loin la Félicité... Si près la Félicité...

★

— Je vais me coucher, déclara Ricardo Brás.

— Moi aussi, approuva José Lopes en se levant, somnolent, la main sur sa bouche qui s'ouvrait en un grand bâillement.

Gomes s'était déjà retiré. Comme il partait en voyage le lendemain dans le sertão, il était rentré tôt.

— Je vous emmène dans mon automobile, proposa Rigger.

— Et toi, Jerônimo, tu ne viens pas ?

— Non, je reste. Aujourd'hui je vais faire un pèlerinage dans les rues... Je suis sentimental...

L'auto s'éloigna. Lorsqu'elle eut disparu au coin de la rue, Jerônimo se mit à marcher à l'aventure. Il pensait à sa vie avant et après avoir rencontré Ticiano. Avant, si heureuse... Il menait la bonne vie de ceux qui n'ont pas de problèmes. Après, cet homme étrange avait renversé toutes ses idoles — Dieu, la Patrie, l'Amour. Et il ne savait pas s'il devait remercier Pedro Ticiano. La vérité, c'est qu'il avait commencé à être malheureux. Une grande envie de revenir à sa vie ancienne le tenaillait. Mais il craignait qu'on ne le trouve médiocre... Une femme, de la fenêtre, l'appela. Il se retourna. Reconnut la prostituée de l'après-midi. Entra.

— Vous ne m'aviez pas reconnue ? Moi, à peine je vous ai vu, je me suis rappelée tout de suite de vous.

Et elle l'entraînait vers la chambre.

Ils parlèrent. Elle ne supportait pas cette vie. Tout le monde la traitait mal. Et puis, elle n'avait pas appris à sourire à tant d'hommes. De cette façon elle ne gagnait pas de quoi vivre.

Une grande pitié, très humaine, pénétra le cœur de Jerônimo Soares. Il oublia ses amis, Pedro Ticiano, les *blagues*★, tout. Oublia qu'« avoir pitié des autres c'est ne pas avoir pitié de soi-même ». Oublia qu'« on ne doit pas souffrir pour les autres ni souffrir de leur douleur. La nôtre suffit ».

La fille pleurait, la tête appuyée contre son épaule.

Il lui donna cent mil-réis en lui demandant que — « s'il vous plaît » — elle ne couche avec aucun homme cette nuit-là. Elle s'étonna de ce qu'il ne voulût pas rester, qu'il ne soit même pas allé au lit avec elle.

— Je reviendrai demain.

— Vous êtes si bon...

(Si bon qu'elle eut honte de l'embrasser sur la bouche. Elle faisait ça à tous les hommes. Elle lui baisa les mains. Ce fut lui qui baisa longuement ses lèvres.)

Le ciel plein d'étoiles. La lune, très grosse, paraissait une vieille actrice parmi de jeunes *girls*.

Jerônimo se sentait heureux. Cette nuit-là commençait son retour à la vie d'autrefois. Il commençait à se libérer de Ticiano. Et s'il y réussissait, il parviendrait à la plus complète félicité. Il avait tous les éléments pour ça. Il était bon et *bête*...

X

L'annonce avait fait scandale. Toute la ville en avait parlé. De graves messieurs, de sérieux cols-blancs (il existe des gens dont le prestige tient au col dur qu'ils portent) s'indignaient très haut de cette insulte qui atteignait tous les hommes de génie du Brésil.

Les étudiants entendaient organiser une manifestation d'hostilité contre l'*Estado da Bahia*. Mais, comme ils surent qu'ils seraient accueillis *par les balles* (Jerônimo, belliqueux, imita Floriano Peixoto), ils renoncèrent. *L'espérance de la Patrie brésilienne*, les étudiants, n'attaque que les pauvres malheureux incapables de réagir. L'annonce fit tant de bruit qu'à Rio un critique écrivit une chronique pour la commenter. Il la trouvait merveilleuse. Devant la voix de la Métropole, Bahia se fit discrète. Elle s'aplatit et se borna à marmonner. Et tout ça à cause d'une annonce d'un quart de page que l'*Estado da Bahia* avait publiée. En gros caractères gras :

ON DEMANDE UN HOMME DE GÉNIE
POUR L'ART BRÉSILIEN

Les échos de l'annonce allèrent jusqu'au sertão, où se répandait Gomes. Dans l'une des villes, le maire se refusa à donner des publications municipales à l'*Estado*. Le journal faisait des campagnes antipatriotiques. Il avait oublié que Bahia, pour ne pas parler du reste du Brésil, avait des hommes géniaux. Gomes transpira pour avoir les publications. Il revint furieux à la capitale. Ticiano était en train de lui ruiner son journal. Ça n'allait pas se passer comme ça... Pas du tout...

★

— Nous nous marierons samedi prochain, lui dit Paulo Rigger. Nous partirons le soir même pour New York...

Maria de Lourdes se blottit contre son épaule, en pleurant.

— Qu'y a-t-il, Lourdinha ? Tu n'es pas heureuse ?

— Si, Paulo. Mais...

— ... mais...

— ... j'ai une chose à te dire.

— Dis, chérie.

— Pas maintenant. Ce soir. Ici il y a trop de gens. Ce soir nous irons nous promener. Et je te dirai...

Il passa le restant de l'après-midi dans une impatience folle. Qu'avait-elle de si sérieux à lui raconter ? Il avait toujours soupçonné qu'elle gardait un secret. Cette tristesse... Et Paulo Rigger se sentait envahi par une grande angoisse. Peur de perdre la félicité toute proche. De se voir à nouveau dans la confusion, sans but. Maria de Lourdes pleura tout l'après-midi. Son destin allait se décider. Sa félicité ou son infélicité. Et un pressentiment lui disait qu'il ne lui pardonnerait pas.

La nuit était plus belle que jamais. Une grande nuit pour amoureux. Et, avant de sortir, ils s'embrassèrent longuement dans l'escalier. Ils avaient l'impression de s'embrasser pour la dernière fois. Ils marchèrent longtemps dans la rue sans prononcer un mot. Lui redoutait la révélation que Maria de Lourdes avait promis de faire. Elle ne se sentait pas le courage de tout lui raconter. Il se décida :

— Raconte, petite fiancée...

Sanglotant tout bas, elle raconta. Elle n'était plus fille. Elle lui dit son amour pour

Osvaldo et comment, innocente, elle s'était donnée à lui sans savoir ce qu'elle faisait. Elle méritait le pardon. Mais elle ne le lui avait pas raconté encore parce qu'elle avait peur qu'il ne lui pardonne pas. Il pardonnerait ?

Lui, dans une monstrueuse volupté de souffrir, lui fit relater tout dans les moindres détails.

Il sentit que les lumières de la ville s'éteignaient peu à peu. Et peu à peu, dans son âme, les ténèbres gagnaient. La Félicité s'enfuyait. La ville était toute noire. Maria de Lourdes s'accrocha à son cou, lui mordant les lèvres. La lumière revint violemment dans les lampes électriques. Mais l'âme de Paulo Rigger resta dans les ténèbres.

Il dit, comme ivre :

— Allons...

Il l'accompagna jusque chez elle. La laissa dans le carré de l'escalier, pleurant.

Et il partit, aspirant l'air avec force, avec une envie terrible de taper sur les passants, de cracher à la figure des femmes, de dire des mots grossiers...

Ses amis s'étonnèrent de son visage.

Ils lui demandèrent ce qu'il avait. « Rien, rien. Qu'on le laisse, pour l'amour de Dieu. » Il demanda de la cachaça à la serveuse. Il but beaucoup. Et sur la fin de la nuit, pleurant de rage, il raconta son infélicité à ses amis.

— Et maintenant, que vas-tu faire ? demanda Jerônimo.

— Est-ce que je sais ! Est-ce que je sais ! Ai-je la tête à penser ?... Je ne veux pas penser à ce que je ferai !

Ricardo trouvait que le mieux qu'il avait à faire était de se marier. La meilleure solution. Maria de Lourdes devait être sincère. Qu'il se marie. N'était-il pas assez anticonventionnel ?

— On ne peut pas vaincre les conventions aussi facilement, objecta José Lopes. Elles ont dix-neuf siècles derrière elles ! C'est un héritage terrible...

— Tu as raison, José. Je ne peux pas vaincre les conventions. Je sens qu'elle est digne de mon amour, mais je suis incapable de me marier avec elle. Animal que je suis, je laisse s'enfuir ma Félicité...

Ils l'accompagnèrent chez lui. Ricardo Brás resta dormir là. Il pouvait faire une folie...

Ils parlèrent tout le reste de la nuit. Paulo Rigger était décidé à aller trouver Maria de Lourdes, le lendemain, et à l'épouser. Pourquoi pas ? Qu'avait-il à voir avec le passé ? Et il luttait. Il sentait impossible, pourtant, de rompre avec ce passé, de l'extirper de sa mémoire. Pourquoi lui avait-elle tout raconté ? Pourquoi ne l'avait-elle pas laissé dans l'ignorance ? Ils auraient pu être si heureux...

Le lendemain, il passa plusieurs fois devant chez elle. Mais il n'eut pas le courage d'entrer. Il dit à José Lopes :

— Je suis un misérable ! un malheureux ! J'ai perdu ma Félicité par ma faute ! Parce que je n'ai pas réussi à vaincre les conventions ! Crétin, imbécile que je suis...

★

Gomes avait besoin de quelqu'un qui aille à Rio interviewer les responsables du mouvement révolutionnaire triomphant. Paulo se proposa. Il irait à ses frais. On ne peut mieux pour le journal !

Et Paulo Rigger partit.

À Rio de Janeiro il fréquenta tous les cabarets, vécut dans une perpétuelle orgie pour voir s'il parvenait à oublier Maria de Lourdes. Et il semble qu'au fond de l'alcool qu'il buvait, son visage s'amenuisait, s'amenuisait...

Un après-midi il rencontra une vieille connaissance, le diplomate José Augusto qui descendait l'Avenue en faisant des moulinets avec sa canne.

Paulo Rigger l'appela. Il lui fallait précisément un homme comme lui, sot et plein de soi, pour bavarder, se distraire, oublier.

Le diplomate lui tapa chaleureusement sur l'épaule.

— Vous ici, docteur Rigger ? En promenade ?

— Non. Je suis venu interviewer les responsables révolutionnaires. Maintenant vous voilà tranquille, n'est-ce pas, docteur José Augusto ?

— Comment ça ?

— Avec la victoire du mouvement révolutionnaire, vous aurez votre légation.

Qu'il ne lui en parle pas. Ses plans étaient à l'eau. Ce n'était pas son ami, le ministre. Et lui, au train où allaient les choses, avec les coupes sombres dans le personnel des ministères, il se jugeait heureux de rester secrétaire d'ambassade. Et il gesticulait, furieux.

— La révolte a été une déception. Nous, les vrais patriotes qui y avons cru, nous sommes déçus. Il faut une autre révolte. Mais que, cette fois, elle coupe la tête à beaucoup de gens...

Et, avec de grands gestes, il chuchota à l'oreille de Paulo Rigger les derniers bruits. L'état actuel des choses ne durerait pas longtemps. L'armée se soulèverait sous peu...

Paulo Rigger fit observer que le peuple n'était pas satisfait. Mais le peuple n'avait-il pas réclamé la révolution ? Lui-même avait assisté à des meetings où les orateurs appelaient à la révolution « qui tirerait le Brésil du bord du gouffre »...

— Elle l'y a enfoncé, mon ami. Enfoncé.

Comment se pouvait-il que maintenant, après peu de mois, le peuple proteste déjà contre l'état des choses ? On voulait sans doute qu'en deux mois les gouvernants redressent le Pays ?

— Ce n'est pas ça. Vous ne connaissez pas les vertus du peuple brésilien. Notre peuple n'applaudit que ceux qui sont dans l'opposition. Jamais il n'a appuyé, pour meilleur qu'il soit, un gouvernement.

— Une vertu, n'est-ce pas ? Un peuple carnavalesque...

— Savez-vous, docteur Rigger, qui part aujourd'hui en exil ?

— Non.

— Cet ex-député bahianais que je vous ai présenté. Le docteur Antônio Ramos.

— Ah oui ! Cet âne...

— Lui, oui... Mais il a une femme, l'animal !

— Elle va aussi en Europe, certainement...

— Non, elle reste.

— Mais je croyais qu'elle adorait Paris. Pourquoi ne profite-t-elle pas de l'occasion ?

— Parce que Rio de Janeiro, sans mari, c'est un paradis... Mieux que Paris.

L'omnibus de José Augusto arrivait. Ils convinrent de se retrouver le soir. Et le diplomate monta dans le bus, saluant aimablement l'un ou l'autre, avec l'aisance de celui qui a fait de l'hypocrisie une profession.

*

À l'hôtel, Paulo Rigger trouva deux lettres. L'une de sa mère. Elle avait reçu le télégramme qu'il lui avait expédié, l'avertissant de son voyage, et elle réclamait des lettres. L'autre signée de Ricardo Brás. Il demandait conseil. Le politicien de sa terre, maintenant au pouvoir avec la victoire de la révolution, lui avait offert une charge de procureur dans une ville de l'intérieur du Piauí. Le traitement, normal. Mais la vie, là-bas, était donnée. Il vivrait parfaitement avec sa femme. (Oui, parce qu'il n'accepterait cette charge que pour se marier.) Et, même, il pourrait se faire un nom comme avocat (le fait d'être procureur n'empêchait pas de plaider au civil) et de gagner de l'argent. Avec Ruth, la Félicité enfin. Qu'en pensait Rigger ? Seuls José Lopes et Ticiano ne voulaient pas qu'il se marie. « Il serait malheureux... Il serait malheureux. »

Ensuite, un post-scriptum : « Reviens, Paulo. Les choses ici vont de pire en pire. Inévitable,

une rupture entre Ticiano et Gomes. José
Lopes a renoncé à intervenir. Toi seul... »

Et Paulo Rigger répondit à la lettre :

. . . .
. . . . *et, si tu crois que cela
apportera la Félicité à ta vie, n'hésite pas :
marie-toi. Je ne te conseille pas le mariage comme
moyen de résoudre le problème de ta vie. Je ne
l'ai pas tenté. Je sens, cependant, que si je l'avais
fait j'aurais été malheureux. Aussi malheureux
que je le suis. Mon caractère... Ma jalousie... La
vie serait devenue un enfer. Pour moi et pour
Elle. Mais si tu as la certitude que tu trouveras
dans l'amour, dans le mariage, la finalité de ta
vie, n'écoute pas de conseils, n'écoute personne.
Marie-toi et va vivre. Et si tu es malheureux ?
Une balle résout tout. Résout tous les problèmes
de la vie.*

*José Lopes, quand tu lui montreras cette lettre,
dira que je te propose un remède dont je n'ai pas
voulu. Ticiano sourira en affirmant que je suis
vargas-vilainement imbécile. Mais si je ne me suis
pas suicidé (avec quelle tristesse je le confesse, Ricardo !) c'est que je n'en ai pas eu le courage.
Chaque fois que j'ai appuyé le canon du revolver
contre mon oreille, ma main a tremblé. Je n'ai pas
eu le courage, j'ai été lâche. C'est pourquoi je vis
encore et je souffre encore.*

Mais toi, si tu oublies que tu es avant tout un artiste, un poète en t'engageant dans ta carrière d'avocat, tu pourras être heureux.

Résous ton cas tout seul, Ricardo, en n'écoutant que ta soif de félicité.

Dans deux jours je serai là pour calmer la rage de Gomes avec de sensationnelles interviews.

★

Il relut la lettre. Remarqua qu'il avait écrit *Elle* avec un *E* majuscule. Il le barra. Et écrivit *elle*. « Elle ne mérite pas davantage qu'un petit *e*. » Et regardant de la fenêtre la mer folâtre, il étudiait le cas de Ricardo Brás.

— Le pauvre ! Peut-être sera-t-il malheureux. Peut-être sera-t-il heureux. Qu'il essaie. C'est toujours une grande chose de pouvoir essayer d'être heureux. Je ne l'ai même pas fait, imbécile que j'ai été…

Avec le dîner vinrent les journaux du soir.

Paulo Rigger philosopha :

— Seul l'estomac n'a rien à voir avec nos tragédies. Il continue à réclamer à manger de la même manière.

Il pensait que la conscience allait de pair avec l'estomac. Et il argumentait pour lui-même :

— Un homme riche et voleur se couche avec l'estomac satisfait et il dort du sommeil du plus innocent fils de Dieu. Mais le pauvre, qui a été au lit l'estomac creux, lui, le malheureux, ne parviendra pas à trouver le sommeil, en se repentant de n'avoir pas volé...

Et il se jeta sur le dîner.

Il lut les journaux. Le peuple était furieux parce que le gouvernement ne voulait pas donner aux clubs carnavalesques les « subsides d'usage ».

Paulo rit :

— Pays du Carnaval ! Pays du Carnaval ! Si j'étais président ou dictateur, je décréterais un Carnaval de 365 jours... On m'adorerait...

Les lumières, dans la ville, plagiaient les étoiles. Une grosse lampe électrique faisait concurrence à la lune. Des annonces lumineuses proposaient des remèdes aux malades riches.

Des automobiles passaient. Des gens riches qui allaient au théâtre.

— La charité pour l'amour de Dieu !

La femme maigre, cadavérique, tuberculeuse ambulante, allaitait un petit enfant. La faim sambait sur ses joues.

Paulo Rigger lui donna un billet, dans une grande anxiété d'être bon.

Les grandes automobiles continuaient à passer.

— Que Dieu vous rende très heureux... vous le rende en Félicité...

— Impossible, ma sœur ! L'infélicité est née avec moi et seule la mort m'en délivrera...

— Quiconque n'a pas eu faim ne connaît pas le malheur, mon bon monsieur.

La réclame d'un remède utilisait une phrase du Christ : « L'homme ne vit pas seulement de pain. Prenez du Forçol ! » Paulo Rigger répéta :

— L'homme ne vit pas seulement de pain... Mais où trouver la Félicité pour en prendre ?

XI

La rupture, inévitable, s'était produite. Gomes s'était brouillé avec Pedro Ticiano. Les autres, dans un geste de solidarité, avaient suivi Ticiano bien qu'ils reconnaissent que le directeur commercial de l'*Estado da Bahia* avait ses raisons.

Quand Paulo Rigger arriva de Rio, José Lopes lui raconta l'affaire :

— Figure-toi que nous parlions du Carnaval. Ricardo affirmait qu'il était impossible aujourd'hui d'écrire un conte sur le Carnaval qui ait une certaine originalité. C'est toujours la même histoire. Un père donne entière liberté à sa fille et au Carnaval rencontre un masque attirant, il l'emmène dans une chambre et, quand il lui retire son costume, il reconnaît sa fille. Bien sûr, au lieu de la fille, ce peut être la femme, la sœur, la grand-mère... Mais c'est toujours la même chose...

— Oui.

— J'étais de l'avis de Ricardo. Ticiano se fit fort d'écrire un conte de Carnaval original. Nous l'en avons mis au défi. Et le lendemain...

— Qu'est-ce qui s'est passé ?...

— L'*Estado da Bahia* publia le conte qui donna lieu à la rupture.

— Original ?

— Originalissime. Plus que ça, immoral. Tu sais l'histoire que Ticiano a imaginée ? Un veuf avait trois enfants. Le premier, déjà grand, fréquentait une académie et les terrains de football. Le second n'était pas un fils, c'était une fille. Et le plus jeune, un garçon de quatorze ans, son père l'avait mis en pension au collège. La fille, élevée à l'américaine, usait et abusait de la liberté qu'on lui laissait. Vient le Carnaval. Ticiano décrit merveilleusement la « fête de l'instinct ». Le vieux se met un masque et part batifoler. Toute la famille était déjà dehors. Seul le fils le plus jeune devait être en train de dormir à l'internat. Dans un bal où il s'était risqué, le veuf voit un joli pierrot. Des formes parfaites, divines... Ils dansèrent, ils burent, bavardèrent. À minuit ils cherchèrent un endroit discret. Et le vieux, brusquement, soulève le masque de sa compagne et reconnaît, horrifié...

— ... sa fille ? Comme les autres !

— Non, mon vieux. Son fils ! Celui qui était interne. Il s'était enfui du collège, avait loué un déguisement et était venu danser...

— Hou, hou, hou !

— Gomes était hors de lui quand il lut le conte qu'on avait publié. « Une histoire homosexuelle qui déshonorait le journal. » Ils ont eu une discussion. Ticiano s'est braqué et a décidé de se retirer. Nous avons essayé d'arranger les choses. Gomes nous a mal reçus. Nous nous sommes retirés aussi, par solidarité avec Ticiano.

— Quel chien, ce Gomes ! Enfin, tout ce qu'il est, c'est à toi qu'il le doit, José Lopes. Quand il n'avait que *Bahia Nova*, tu le faisais vivre. Et maintenant...

— Et Ticiano qui a fait le nom de l'*Estado da Bahia* !

— Chien !

— Canaille !

— J'ai toujours dit qu'il ne valait rien, rappela Jerônimo.

— Et les interviews que j'ai obtenues à Rio, que dois-je en faire ? Les publier dans un autre journal ?

José Lopes trouvait qu'il devait envoyer les interviews à Gomes. « Même pour ça on ne doit pas être en reste avec lui... »

— Ça alors ! Je vais à Rio à mes frais. Je fais ensuite des interviews. Pour quelle raison seraient-elles à Gomes ?

— Tu y es allé dans l'idée de les faire pour lui. Tu les envoies.

— Bon, je vais les envoyer. Toi, José Lopes, tu seras toujours le même brave type.

Jerônimo informait :

— Maintenant l'*Estado da Bahia* est dirigé par un journaliste plein de moralité qui est venu de sa province.

— Et les rédacteurs ?

— Des gens d'ici. Il est horriblement mal écrit...

— Il aura du succès. Pour Bahia, seul un journal comme ça...

— Gomes, je l'ai vu l'autre jour, de plus en plus gros. Il enrichit, la canaille...

— Intelligent...

— Mais analphabète jusque-là.

— Il finira gouverneur de l'État.

— S'il finit.

Une Noire, dans la rue, roulant des hanches, criait :

— Cacahuètes grillées ! *Acarajés* et *abarás* !

Et, plus loin, un gamin beuglait :

— L'*Estado da Bahia*... Demandez l'*Estado da Bahia*. Un article sur la cherté de la vie...

144

L'image de Maria de Lourdes s'estompait peu à peu dans l'esprit de Paulo Rigger. Il sentait cependant que, même s'il parvenait à l'oublier, jamais il ne reconstruirait sa vie. Jamais il n'aurait un *sens*, ne se dirigerait vers une *fin*, dans l'existence. Pourquoi vivait-il finalement ? Il sentait sa vie immobile comme les eaux d'un lac qui n'ont pas, comme les fleuves, une fin : couler jusqu'à l'océan. Mais au contraire des eaux d'un lac, bien qu'immobile sa vie n'était pas sereine. L'habitait une insatisfaction immense. Le besoin d'être heureux, ou du moins serein. De vivre sans désirs, sans rêves, comme Pedro Ticiano.

Puisqu'il ne trouvait pas le *sens*, la *fin* de l'existence, qu'au moins il trouve la Sérénité. Qu'il devienne indifférent, sans désirs. Mais même cela, c'était impossible. La torture de chercher la Félicité ne le quittait pas. Il ne parviendrait pas, comme Ticiano, à déifier le doute. Et il connaissait des heures affreuses. Dans la paisible bastide, enfermé dans sa chambre, il marchait de long en large avec une immense envie d'en finir avec tout.

Et presque toujours il finissait par prendre son automobile et par aller chez Pedro Ticiano, causer.

Ticiano ne sortait plus. Presque complètement aveugle, il pouvait à peine se déplacer dans la maison. Sa petite-fille prenait soin de lui, une gamine de treize ans qui s'enfuyait à l'approche de Rigger. Les deux hommes parlaient beaucoup. Pedro Ticiano, *blagueur**, riait de l'insatisfaction de Paulo Rigger :

— Pourquoi n'en viens-tu pas à la religion, mon garçon ?

— Sait-on ! Peut-être y viendrai-je...

— Allons, Rigger, suffit. Cherche à vivre pour le doute. À vivre pour la souffrance. Pour la pure insatisfaction. Au lieu de combattre le doute, adore-le. Moi je doute de tout.

— Même du doute ?

— Surtout du doute...

— Je sais, Ticiano, que tu as trouvé une solution. Pourquoi la gardes-tu si jalousement ? Pourquoi ne pas nous l'enseigner ?

— Je l'ai dit tant de fois ! La solution est de ne pas vouloir en trouver une...

— *Blague**...

— Si tu veux...

★

Ils se rencontraient peu dernièrement. Paulo Rigger, replié sur lui-même, ne voyait que Ticiano. José Lopes, qui buvait beaucoup, enfoui dans ses livres de philosophie, ne travaillait pas et changeait constamment de pension. Chaque fois qu'il en quittait une, c'était pour aller dans une autre encore pire. Maigre, insatisfait, haïssant la vie, il lisait de plus en plus, cherchant si dans les pages de Kant et de saint Thomas, il trouverait la Félicité.

— Seule la philosophie...

Mais Ricardo Brás n'était pas d'accord :

— Seuls l'amour, le mariage...

Et Ricardo Brás se maria. Paulo Rigger et José Lopes servirent de témoins. Paulo lui avait offert la fazenda pour passer sa lune de miel. Ensuite il irait dans une petite ville, loin dans l'intérieur du Piauí.

— Le malheureux, murmurait Ticiano.

Jerônimo Soares se libérait peu à peu de l'influence de Pedro Ticiano. Il commençait à être heureux. Il passait ses nuits avec la fille qu'il avait rencontrée ce fameux jour, avec Pedro Ticiano. Il faisait le projet de vivre

147

avec elle dans la plus complète félicité... Il se montrait rarement. Mais, les jours où il rendait visite à Ticiano, il répudiait tous ses rêves en entendant les *blagues** de son ami.

Et il s'imaginait être comme Pedro, un indifférent, supérieur, mauvais, destructeur d'illusions.

Mais la nuit, auprès d'elle, dans ses bras, il oubliait Ticiano. Et lui revenait l'image d'une petite maison, de beaucoup d'amour, beaucoup de tendresse, son sourire à elle, la plus complète félicité. Et il luttait contre l'influence de Pedro Ticiano. Il redoutait de ne pouvoir la vaincre. S'il n'y parvenait pas, il serait malheureux toute sa vie... Il ne réaliserait jamais ses rêves, n'aurait jamais le courage d'être heureux...

Et Pedro Ticiano qui trouvait tout ça si ridicule...

*

Paulo Rigger marchait au petit bonheur. Et il faillit se heurter à Dona Helena qui, frétillante, robe neuve, le saluait :

— Oh, docteur Paulo ! Vous allez bien ?

— Plus ou moins... Et vous, Dona Helena ?

— Bien. Pas comme vous...

148

Et, toute curiosité :

— Et Maria de Lourdes, docteur Paulo, vous l'avez vue ?

— Non, Dona Helena. Je ne sais pas ce qu'elle est devenue...

Dona Helena savait. Maria de Lourdes avait beaucoup pleuré après la rupture. Elles avaient déménagé. Ensuite, lui avait-on dit, la marraine avait déniché un poste d'institutrice dans l'intérieur. Et elles étaient parties...

Rigger, très pâle, salua :

— Adieu, Dona Helena, adieu !

— Oh, docteur Paulo ! Pour l'amour de Dieu... Vous êtes bien pressé ! Nous allons bavarder un peu... Maintenant j'habite une maison à moi. Voulez-vous venir jusque-là ?

Paulo Rigger y alla. Il lui vint une envie soudaine de posséder cette femme. Elle avait quelque chose de commun avec Maria de Lourdes. Peut-être aurait-il la sensation de posséder son ex-fiancée quand il serrerait dans ses bras sa voisine de chambre. Et il ressentit de fait cette sensation étrange. Il lui semblait étreindre Maria de Lourdes lorsqu'il étreignait Helena.

Et Paulo Rigger se reprit à souffrir intensément.

*

Il était devenu difficile de rencontrer l'un quelconque des amis. Ricardo, marié, était à la fazenda qu'il lui avait prêtée pour sa lune de miel. Paulo Rigger sentait que Ricardo allait totalement s'éloigner d'eux. Il avait tenté l'expérience de la Félicité. Et au Piauí, dans la petite ville provinciale, vivant son expérience, vivant son très bourgeois amour, il ne voudrait naturellement pas se souvenir de ses amis qui niaient la félicité du mariage.

Une immense allégresse l'envahit quand, par un après-midi de soleil intense, il rencontra José Lopes qui lisait un livre de Freud tout en buvant un verre de vermouth.

— José !

— Holà, Paulo ! Assieds-toi.

— Toujours lisant, José Lopes ?

— C'est vrai...

— Décidé à trouver la Félicité dans la philosophie ?

— Qu'est donc la Félicité, Rigger ? Est-ce l'allégresse de chaque jour, la douleur de chaque heure ? Tu sais bien que cette Félicité ne nous satisfait pas.

— Peut-être est-ce la sérénité, l'indifférence de Pedro Ticiano.

— Je ne crois pas, Pedro n'est pas heureux. Je suis sûr qu'il souffre une tragédie intense. Trop orgueilleux, il n'en parle pas même à ses amis.

— Cela m'étonnerait, Pedro se tient au-dessus de tout. Au-dessus de sa propre vie. Il est supérieur. Il ne ressent pas les joies et les tristesses quotidiennes.

— L'homme qui ne ressentirait pas les joies et les tristesses quotidiennes serait l'homme serein. Mais cet homme idéal n'existe pas. Ticiano les ressent… Surtout les tristesses…

— Et la Félicité, qu'est-ce ?

— Peut-être est-ce trouver une solution dans la vie…

— Comment ?

— Un système philosophique, une religion…

— C'est possible. Il ne me reste plus qu'à tenter la religion.

— Là aussi tu échoueras…

— Pourquoi ?

— Parce que la religion ne satisfait que lorsqu'on l'aborde par la philosophie…

— Sinon…

— … on peut ressentir la beauté de la religion, sa poésie, mais on s'en lasse comme on se lasse d'une femme... On ne connaît pas les fondements, le pourquoi...

— Pourtant le peuple, les hommes ignorants qui ne savent même pas ce qu'est la philosophie se sentent bien dans la religion.

— Les ignorants, oui. Mais tu es un homme supérieur.

— Quel malheur d'avoir un peu d'intelligence ! Je donnerais toute ma fortune contre l'ignorance d'un de ces pauvres diables.

— Vieille aspiration de tout homme intelligent, mon ami.

Ils demandèrent un autre vermouth. José Lopes poursuivit :

— J'ai un roman terminé sur ce thème, Paulo...

— Oui ? quand sort-il ?

— Je ne peux pas le publier. Avec quel argent ?

— Je finance l'édition... Nous allons nous occuper de ça tout de suite.

Paulo Rigger paya les consommations. José Lopes, dans ses vêtements râpés, très maigre, était l'image de leur vie à tous.

— José Lopes, pourquoi ne viens-tu pas habiter à la maison ? Je vais te faire préparer une chambre...

— Non, Rigger. Ne te donne pas ce mal...

— Je vais donner des ordres. Et demain tu t'installes.

— Non, senhor. Je ne sais pas vivre chez les autres. C'est décidé, je n'irai pas.

— Toi...

⋆

Dans le galetas de la sordide pension, José Lopes mit en ordre le manuscrit du roman. Sans titre encore. Il se creusa la tête pour en trouver un. Il écrivit *Les Malades de l'insatis-faction*. Il lut. Ça ne lui plaisait pas. Il barra et écrivit : *Les Mendiants de la Félicité*.

À la dernière page, au lieu du classique *Fin*, on lisait *Se termine*. José Lopes sourit. Fit un trait au crayon sur *Se termine*. Remplaça par *Commence*. Il se demanda si quelqu'un comprendrait que ce n'était qu'une fois le livre terminé, terminées les expériences et la recherche illusoire du sens de la vie, que celle-ci commençait. Commençait la tragédie de chaque jour...

— D'ailleurs, pensait José Lopes, le roman ne sera pas compris. Ceux qui le liront n'y entendront rien. C'est l'histoire de quelques âmes. Je ne décris même pas le physique de mes personnages... Ils n'ont que des sentiments...

Il le répéta à Paulo Rigger alors qu'ils se rendaient à l'imprimerie.

— Il manque à mon roman le sens de l'Humanité. C'est entièrement personnel. C'est notre vie... Personne ne s'y intéressera...

— Signe que c'est un bon livre.

Quand ils quittèrent l'imprimerie, c'était le soir. L'après-midi était mort sans esclandre, répétant ce qu'avait été la veille et ce que serait le lendemain.

Dans une église, on priait. L'oraison s'élevait comme une supplique, une grande supplique.

— Je ne suis pas encore un « mendiant de la Félicité », José... Si je l'étais, je serais là à prier...

— La religion est ridicule. Pourtant, je sens un immense besoin de croire...

— Et pourquoi ne te convertis-tu pas ?...

— Je ne me convertirai pas. Peut-être arriverai-je à la religion. Si j'y arrive, très bien...

— Tu deviendras thomiste...

— Oui, je trouverai les bases de la religion.

— Moi je crois, comme Ricardo, que seules les choses naturelles satisfont. Seul l'instinct peut nous mener à la religion. La religion ne peut être expliquée, elle doit être sentie. L'instinctivisme (cet instinctivisme n'a rien de matérialiste, comme tu vois...), lui, pourra me mener à la religion...

— À laquelle ? À celle de Freud ?

— Non. À celle du Christ. Mais celle du Christ sans artifices...

— Encore des *blagues**... Ce temps est passé...

— Non. Je suis sincère...

★

Le roman de José Lopes n'eut pas de succès. Peu de gens le lurent. Les critiques n'en parlèrent pas. L'édition resta dans les librairies. Et personne ne comprit le cri de désespoir qu'il y avait dans ce livre. Les catholiques trouvaient que le livre attaquait la religion. Les matérialistes disaient que les protagonistes marchaient vers le catholicisme. Les ennemis de José Lopes répandirent que le livre était communiste.

Le Brésil resta le même. Ni meilleur ni pire. Heureux Brésil qui ne se préoccupe pas des problèmes, ne pense pas et rêve seulement d'être, dans un avenir très proche, « le premier Pays du Monde »...

★

Ricardo Brás revint de la plantation avec son épouse. Ruth, plus en chair, plus femme,

s'appuyait à l'épaule de son mari, très lan-
goureuse.

Paulo Rigger regarda Ricardo dans les yeux,
cherchant à y découvrir le microbe de la satiété. José Lopes, qui comprit, murmura :

— C'est encore tôt.

Ils rendirent visite à Ticiano. Pedro était
ému. Il lui semblait que c'était la dernière
fois qu'il voyait Ricardo.

— Tu vas au Piauí. Quand tu reviendras,
tu ne me trouveras plus... Je ne serai plus...

— Allons, Ticiano.

— C'est la vérité. Je me sens faible. Mais
heureusement, je vous ai encore vous...

La conversation tomba sur le livre de José
Lopes.

— Formidable ! trouvait Ricardo Brás.

— C'est que je porte en moi la tragédie de
chacun de vous. L'échec de Rigger dans la
chair et dans le sentiment. Celui de Ticiano
dans le scepticisme. L'échec que toi, Ricardo,
connaîtras inévitablement dans la vie bourgeoise que tu vas mener...

— Nous verrons...

— Tu penses que j'ai échoué ? demanda
Ticiano.

— Le fait de te placer au-dessus de la vie est
un échec. Tu n'as pas triomphé dans la vie.
Tu es resté spectateur... Tu as échoué...

— Peut-être... Peut-être...

— C'est ma propre tragédie. Parce que je sais que rien ne me satisfera et j'ai peur de devenir comme toi, Ticiano. Il m'est impossible de rester indifférent à la vie. Je devrai souffrir toujours...

La petite-fille de Ticiano apporta du café. Et ils burent à petites gorgées, lentement, d'un geste las, le liquide noir...

XII

José Lopes les quitta bientôt. Jerônimo Soares l'accompagna. Paulo Rigger resta. Il voulait passer encore un peu de temps avec Ricardo Brás qui partait, aventurier de la Félicité, vers une petite ville mélancolique.

— Pourquoi as-tu préféré passer par l'intérieur de l'État de Bahia ? N'aurait-il pas mieux valu voyager par bateau ? s'inquiétait-il, triste à l'idée que son ami partait loin d'eux.

— Non. Par le train ça a plus d'intérêt. Je vais jusqu'à Juazeiro. De là j'entrerai dans le Piauí. Et j'y resterai…

— Tu vas faire un vide…

Et Paulo Rigger se mit à contempler le train immobile. Il pleuviotait. Ruth, enfouie dans un grand manteau, disparaissait presque.

Elle minauda :

— J'ai plus de droits que vous sur Ricardo. Je suis son épouse… Vous n'êtes que ses amis.

158

Et le train immobile donnait une sensation d'angoisse inexplicable.

Ruth continuait, les bras passés autour du cou de son mari :

— Et d'ailleurs, je vais le faire... je vais le guérir de la littérature...

— Vous dites bien, Dona Ruth, littérature. Notre vie est uniquement littérature.

Et comme se parlant à lui-même :

— Et qui parviendra à s'en guérir ?

Le train siffla. Il y avait dans ce long sifflement aigu quelque chose de très nostalgique qui angoissait.

— Adieu, docteur Rigger.

— Adieu, Dona Ruth.

— Paulo...

— Ricardo...

Ils s'étreignirent longuement. Et le grand train immobile, indifférent.

— Dis au revoir à José, et à Ticiano.

Et, tout bas :

— Je vais être heureux, Rigger.

— Sois-le...

Puis le train se mit en marche. Ricardo, à la fenêtre, faisait un signe d'adieu. Paulo Rigger, immobile, le regardait. Un ami de moins...

Il resta seul sur le quai.

— Pauvre Ricardo ! Comme il va être malheureux quand viendra la satiété.

Et finalement, s'il avait raison ? Si la Félicité se nichait dans le mariage ? Si c'était vrai, Rigger l'avait laissée s'enfuir. Il en avait été si près... Il lui aurait suffi de vaincre les conventions. Mais, là encore, il avait échoué. Lui qui à Paris se répandait en *blagues*★, se moquait de la société, il n'avait pas eu le courage de rompre avec elle. Peut-être avait-il laissé échapper la Félicité...

Avoir une épouse, beaucoup de tendresse, un petit enfant avec qui jouer, élever des poules et être jaloux. La Félicité...

Qui sait...

Et, se dirigeant vers l'automobile, Paulo Rigger eut un long rire.

La joie ? Qui sait ? Peut-être était-ce la tristesse...

Dans l'auto, presque allongé, il poursuivit ses pensées.

Ensuite, il avait voulu se suicider. Il avait approché le revolver de son oreille par un après-midi gris, un après-midi fait pour le suicide. Mais il avait manqué de courage. Il avait eu une peur incroyable de la mort... Pourquoi ? Il n'avait pas encore compris... Le surnaturel ne l'intimidait pas. Il ne croyait qu'à la vie du corps... Pourquoi ne pas se tuer ?...

L'automobile roulait sur la chaussée mouillée. Des gamins jouaient au football malgré la pluie. Il eut envie de dire au chauffeur de passer sur ces enfants. Il les tuerait tous. Et il pensait ça avec une grande bonté très humaine. « Ça leur épargnerait de souffrir. Mais personne ne veut quitter la vie… » Tout le monde s'accroche farouchement à elle. Même ceux qui comme lui, broyés, n'avaient aucun espoir (notre espoir de chaque jour !) d'atteindre fût-ce les débris de la Félicité…

Il s'était accroché à la vie. Il n'avait pas voulu la lâcher. Le revolver trembla dans sa main en cet après-midi gris, un après-midi de suicidés…

Et il pensa au grand train dans lequel Ricardo s'en était allé. Si loin, son ami…

— Nous sommes les mousquetaires de la Félicité. Nous avons tenté ensemble l'aventure. J'ai échoué. José Lopes a toujours été un perdant. Et Ricardo, au lieu de continuer à vivre avec nous notre tragédie, a préféré tenter aussi de trouver le *sens* de la vie…

Inquiétude… Nécessité d'une *fin*. Pourquoi ? Pourquoi ce doute ? Pourquoi cette insatisfaction ?

— Littérature…

Et la voix de Ruth résonnait à ses oreilles, chantante.

— Je vais être heureux (l'espoir de la voix de Ricardo).

— Sois-le... (la désillusion de sa voix).

Le pauvre ! Et quand il serait rassasié ? Et quand il sentirait que ne suffisaient pas les joies de toujours et les tristesses de toujours ? Ce serait une tragédie horrible. Quelle serait la fin de Ricardo ? Si bon, si sincère... Triste fin...

Un gamin sale, mal vêtu, criait les journaux. Le soleil, perçant les nuages qui remplissaient le ciel, daignait faire une apparition. Ce matin-là le ciel brésiliennissime avait voulu imiter le ciel de Londres. Et, cabotin, était plombé.

Paulo Rigger appela le gamin des journaux. Il en acheta un. Et se mit à lire pour éloigner les pensées qui le rendaient mélancolique.

Il avait acheté, par hasard, un *Estado da Bahia*. L'article de fond analysait le moment politique. Il parlait de Patrie adorée, de régénération, de redressement du Pays, d'honneur. Paulo Rigger lut tout l'article. À la fin, la signature : A. Gomes.

Gomes maintenant écrivait... Qui l'eût dit ? ... Mais le monde tourne... Gomes... Celui-là non plus n'aurait jamais la Félicité. Intelligent, il pensait que l'argent comblerait son insatisfaction. Et il ne savait pas que l'argent est parfois pesant. Lui, Paulo Rigger, si riche, pouvait le dire... L'argent n'est utile qu'à la satisfaction des instincts... Et l'instinct (quelque envie qu'il en eût, Rigger ne pouvait le nier) n'est pas tout dans la vie.

L'automobile roulait dans la ville. Paulo donna l'ordre au chauffeur de s'arrêter devant un bar. Il ne trouva pas José Lopes. Et il continua. Et José Lopes ? Quand il l'avait connu, il avait cru rencontrer le type de l'homme serein. Et ensuite, quelle différence ! Un homme bourré de problèmes, incroyablement malheureux... Sous cette apparence de bourgeois, un tourmenté, un de ces héros de tragédies absurdes. Et maintenant qu'il ne croyait plus à rien, il passait son temps à boire... Il mourrait tuberculeux un de ces jours... Des types malheureux, ses amis. Ses uniques amis, ceux du Brésil. Ses camarades de France, il les avait déjà oubliés...

Deux ans de Brésil... Et, finalement, qu'avait-il gagné à revenir dans sa Patrie ? Tous ses projets s'étaient écroulés. Il n'était pas entré dans la politique, n'avait pas fait une carrière d'avocat. Ces mois de journalisme ne lui avaient pas donné un nom. Il avait juste perdu le scepticisme qu'il avait ramené de France et était devenu un inquiet... Et, de plus, il ne s'était jamais identifié à son peuple. Celui-ci l'exaspérait chaque jour davantage. Il regarda autour de lui. Contre un réverbère, un placard annonçait quelque chose en grosses lettres rouges :

— Augusto, allons voir ce que c'est.

Le chauffeur approcha la voiture. Rigger lut :

> Aujourd'hui — GRAND MEETING — Aujourd'hui
> au Terreiro
>
> Le major Carlos Frias parlera du gouvernement actuel et en fera la critique. Discours de quelques personnalités demandant le retour du Pays au régime constitutionnel.

Paulo Rigger était stupéfait :

— Quel peuple ! Hier il fait une révolution, et quelques mois après il veut combattre cette même révolution ! Quel carnaval ! Et ce major ! Quand je suis arrivé, il saluait les politiciens libéraux au nom des prostituées de Bahia. Aujourd'hui, il attaque les révolutionnaires. C'est cette manie de faire des discours... Pays du Carnaval...

Et la voiture roulait sur l'asphalte mouillé.

*

Jerônimo Soares se tapit au fond du lit. Conceição, toute dévotion, voulait savoir ce que cela signifiait.

— Rien, petite, rien.

Elle se rapprocha. L'embrassa sur les yeux.

164

— Tu es fâché avec moi, mon joli ?

— Non. Mais laisse-moi en paix.

Elle resta à le regarder, la question en suspens dans ses yeux et sur sa bouche.

Et Jerônimo, au fond du lit, silencieux. Cela se produisait chaque fois qu'il allait voir Ticiano. Pedro, qui sentait Jerônimo s'éloigner de plus en plus de lui, ridiculisait tous les idéaux de ce monde et de l'autre.

— Car, en fait, l'amour est une idiotie. Tu ne trouves pas, Jerônimo ? Se passionner pour quelqu'un qui ne peut rien nous donner, que le sexe... Et le sexe, dans la rue, se loue au moindre prix. L'amour est une idiotie de poètes romantiques affamés. Idiotie sans originalité aucune. Et on ne doit s'attacher qu'à ce qui porte le sceau de l'originalité. Aimer une Hindoue qui avant de se donner s'étend sur des couteaux pointus, ou vivre avec une Tzigane qui nous entretient et nous entraîne de par le monde, sans Patrie et sans Dieu... J'adore les Tziganes, car je suis moi-même un Tzigane intellectuel. Mais aimer une femme médiocre, semblable à toutes les femmes qui ont jamais existé, jolie sans plus, qui mesure l'amour et ne le pratique que lorsque c'est une vertu certifiée par l'Église, une femme sans trop de vices, sans dépravations, c'est médiocre. Seuls les hommes du commun aiment des femmes comme ça...

— Oui..., approuvait Jerônimo en rougissant.

— Et croire... Il existe encore des hommes intelligents qui croient. Croire... Croire qu'un Dieu, un être supérieur, nous guide et nous protège... Mais il y en a encore qui croient...

— Il y en a...

— Regarde, Jerônimo, on dit que c'est Dieu qui a créé les hommes. Moi je pense que ce sont les hommes qui ont créé Dieu. De toute façon, que ce soit les hommes créés par Dieu ou Dieu créé par les hommes, c'est une œuvre indigne de quelqu'un d'intelligent.

— Et le Christ, Pedro Ticiano ?

— Un poète. Un *blagueur*★. Un sceptique. Un être différent de son époque. Le Christ a prêché la bonté parce que, en ce temps-là, on déifiait la méchanceté. Un esthète. Il a aimé la Beauté plus que toute chose. Il a fait en pleine place publique des *blagues*★ admirables. Celle de la femme adultère, par exemple. Il a pardonné parce que la femme était jolie et qu'une femme comme ça a le droit de tout faire. Le Christ est parvenu à vaincre les conventions. Un homme extraordinaire. Mais un dieu bien médiocre...

— Comment ?

— Un dieu qui n'a jamais fait de grands miracles ! Il s'est contenté de multiplier des pains et de guérir des aveugles. Il n'a jamais déplacé des montagnes, n'a jamais fait descendre sur la terre des nuées de feu, ni arrêté le soleil. Le Christ avait, contre lui, cette qualité : il a toujours été mauvais prestidigitateur.

— Et le Christ aimant ?

— Le Christ, comme homme, a toujours été cohérent. Il prêchait le pardon parce que, alors, la vengeance était la loi. Il prêchait la chasteté parce que, à l'époque, la luxure régnait. Et, au moins extérieurement, il a été un pur, malgré l'acharnement de Magdeleine et d'autres femmes...

— Et intérieurement ?

— Sait-on ! Il se peut que le Christ ait conservé sa chasteté... En tout cas... le vice entre quatre murs n'est pas un vice... C'est ça, la loi du monde...

— Et aimer romantiquement et croire romantiquement entre quatre murs ?...

— L'imbécillité est toujours l'imbécillité, où que ce soit.

Jerônimo changeait de sujet.

— Toi, Pedro Ticiano, tu es un esprit fort comme je n'en connais pas. À soixante-dix ans, tu es encore athée...

— Ah, je n'ai pas peur de l'enfer... Et, au cas où il existerait, je m'en accommoderais...

— Tu as toujours été à demi satanique... Tu es capable de fonder un journal d'opposition

en enfer. Voltaire, Baudelaire et toi en enfer...
Ce serait drôle !

Pedro Ticiano souriait, voyant que Jerônimo ne résistait pas à la fascination de ses
paroles. Et il aimait démolir les rêves de cet
homme médiocre et bon, qui avait l'unique
défaut de vouloir être un intellectuel.

Après ça, Jerônimo traitait mal Conceição.
Parfois il n'allait pas chez elle. Il avait l'impression d'être suivi par Pedro Ticiano.

Et cette nuit-là, recroquevillé au fond du
lit, influencé par les *blagues** de Ticiano, il je-
tait des regards de dégoût sur tout. À la tête
du lit, un saint Antoine portait un « Dieu-En-
fant » dans ses bras robustes.

— Conceição !
— Qu'est-ce qu'il y a, Jerônimo ?
— Ôte ce saint de là.
— Pourquoi, mon Dieu ? !
— Ôte-le, je te dis !

Elle obéit, retenant ses larmes, baisant
l'image pour lui demander pardon. La lampe
électrique, rieuse, projetait ses éclats de lumière dans la chambre.

— Éteins cette lumière, Conceição !

Elle fit l'obscurité.

— Même entre quatre murs l'amour est
imbécile...

La jambe nue de Conceição sur sa jambe.
Ses lèvres charnues sur ses lèvres. La pensée

s'éteignit peu à peu. Jambe contre jambe. Lèvre contre lèvre. La chair passa l'éponge sur le cerveau. Un baiser long, chantant, que l'on pouvait entendre hors des quatre murs de la chambre...

XIII

L'image de Maria de Lourdes, qui dormait dans son cerveau, fut réveillée par la nouvelle que lui avait donnée Helena. Et il se mit à méditer sur le destin des choses. Ce petit instituteur qui passait sa vie à prêcher la morale et à enseigner le respect de la société avait eu le courage de rompre avec les conventions. Lui, Paulo Rigger, *blagueur**, paradoxal, qui ironisait sur tout ce qui sentait le conventionnel, avait cédé devant la société.

— Mais tu es certaine que Lourdinha va se marier ?

— Si je le suis... Avec l'instituteur de la ville où Dona Pombinha enseigne. Il a même un nom compliqué. Sauf erreur, il s'appelle Sebastião Hipólito, ton rival.

— Mon rival... Mon rival...

Il prit sa tête dans ses mains. Helena l'attendait dans sa meilleure robe.

— C'est l'heure du cinéma, Paulo !

— Vas-y. Moi, je t'attends.

— Seulement si Georgina veut venir avec moi.

Georgina voulait. Elle enfila sa robe en vitesse et elles sortirent, très élégantes, distribuant des sourires aux hommes alignés sur le trottoir.

Rigger passait ses doigts dans ses cheveux d'un geste bien à lui. Il aurait voulu ne pas penser. Il écarta la tête de ses mains et se leva. Il alla jusqu'à la fenêtre. Tenta de se laisser distraire par le mouvement de la rue. Une benne à ordures ramassait les saletés du sol. Sa vie (il ne voulait pas, mais la pensée s'obstinait) était très sale. Quel serait l'éboueur qui la nettoierait ? Lequel ?

Dans une automobile qui passa se dessinait une silhouette frêle. Frêle comme elle. Peut-être brune comme elle. Si jolie, Maria de Lourdes... Les grands yeux brumeux. Quelle tristesse, celle de ces grands yeux... Ces yeux ne lui avaient jamais menti. Ils lui avaient toujours confié que Maria de Lourdes avait un grand tourment...

Si elle était là, à cet instant, toute sa douleur, toute sa tristesse disparaîtraient. Elle poserait dans une caresse, une longue caresse, ses mains fines sur ses cheveux en désordre. Il se consolerait. Si bonne, Maria de Lourdes... Et lui, Paulo Rigger, qui se disait dégénéré et supercivilisé, avait laissé fuir la Félicité parce qu'il n'avait pas eu le courage de lutter contre les conventions. Le poids des conventions était dans son sang, héréditaire...

La félicité de se marier, d'avoir de petits enfants, de vivre bourgeoisement...

Mais elle, l'aimait-elle vraiment ? Et comment avait-elle pu épouser l'autre ? Naturellement, aujourd'hui elle méprisait Paulo Rigger. Il s'était révélé lâche, médiocre, infâme. L'autre, l'instituteur, s'était montré héroïque. Sebastião Hipólito... Un nom de poète... Un garçon maigre, certainement, avec une longue chevelure, qui écrit des vers lyriques. Bon père de famille, au fond.

— La Félicité n'est à la portée que des médiocres et des crétins.

Et résonnait à ses oreilles, mauvais, coupant, le rire de Pedro Ticiano.

— Tout ça est littérature... littérature... (la douceur de la voix de Ruth).

Paulo Rigger laissa tomber ses bras d'un geste de découragement.

— Ah, la vie.

Il marcha à pas lents vers la chambre. Prit son chapeau et se dirigea vers la porte.

— Vous partez déjà, docteur Paulo ?

— Tu es là, Bébé ?

— J'étais là. Helena ne m'emmène nulle part. Pourtant, je suis déjà une jeune fille.

Elle redressait le buste, montrant le relief que ses seins minuscules faisaient sur sa robe. Paulo Rigger sourit, avec convoitise.

— Viens là, Bébé.

Il l'assit sur ses genoux. Ses mains modelèrent son corps. Une gamine encore, mais entièrement pervertie. Et les pensées de Rigger s'enfuirent vers Maria de Lourdes. Elle, oui, qui avait cessé d'être vierge, était restée pure. Il lâcha Bébé. Et, violemment, comme s'il voulait échapper à quelque chose, il partit presque en courant dans les rues mal pavées.

*

— Une maison de jeu ?

— Oui. Et alors ? Une maison de jeu.

Paulo Rigger en tombait des nues. José Lopes souriait de son air incrédule.

— Je suis devenu tenancier d'une maison de jeu parce que ça donne de bons gains. Je ne fais rien, si ce n'est vendre des jetons et prendre le café avec les habitués.

— Tu es fou, José…

— Pourquoi, Paulo ?

— Et ton intellectualisme, tes aspirations, tout ?

— Mais qui t'a dit que j'avais des aspirations ? Je n'aspire à rien. Je n'ai pas de velléités littéraires. Je considère impossible de trouver la Félicité. Et, de plus, je dois payer la pension…

— Toi…

— Écoute, Paulo, je suis revenu de tout. Je suis entièrement convaincu de ce que dit Pedro Ticiano. Les hommes qui sont hors du commun, les hommes différents, n'ont pas de finalité. Ils vivent pour vivre… C'est ce que je fais.

— Et l'insatisfaction ? Et le doute ?

— Attitudes d'esprit…

— Alors tu crois, comme la femme de Ricardo, que tout ça est littérature ?

— Exactement.

— Joli !

— Écoute, Paulo, la fin c'est la mort, comme l'affirme Ticiano. Il n'y a que dans la mort que réside la Félicité, parce que seule la mort nous délivre des douleurs de ce monde.

— Et tu ne t'es pas suicidé…

— Ne t'en étonne pas. Je suis très sentimental. Pourquoi vous faire cette peine à vous, qui m'aimez bien, à toi, à Ticiano, à Ricardo, à Jerônimo ?

— Tu as raison. C'est moi qui ne me suis pas suicidé parce que je n'ai pas eu le courage.

— Seulement pour ça ?

— Surtout pour ça… C'est vrai que j'ai pensé à ma mère et à vous… Mais ma douleur était grande… J'ai été un lâche…

174

— Sottises, Paulo. Laisse…

— Tu sais qu'elle va se marier ?

— Ton ex-fiancée ?

— Oui, Maria de Lourdes.

— Ça ne me surprend pas démesurément. Finalement, la vie est ainsi. Elle a senti le besoin d'un mari. Elle l'a trouvé, qu'y a-t-il de plus ? Ce n'était pas toi, ç'a été un autre.

— C'est moi qui suis un misérable. J'ai laissé échapper la Félicité…

— Qui sait si tu n'aurais pas été parfaitement malheureux ? L'amour, Paulo, n'apporte pas la Félicité… Rien dans la vie ne le fait…

— Pas même la philosophie, José ?

— Même à elle, j'ai cessé de croire. Je pensais que la philosophie nous donnait au moins la sérénité, qu'elle résolvait nos problèmes. Je me suis trompé. Une désillusion de plus.

— L'expérience est faite de désillusions…

— Je possède une grande expérience…

José Lopes lui dit au revoir. Il se faisait tard et il devait être à son poste dans son tripot.

Paulo Rigger le suivit tristement des yeux. Maigre, les joues creuses, il avait tant toussé au cours de leur conversation… Ils se voyaient rarement. José Lopes ne se montrait pas, cachant à tous sa misère… Rigger se le rappelait : le plus confiant, celui qui espérait le plus, celui qui aspirait à être heureux et se disait serein. Maintenant, brisé, il buvait dans les bars et dirigeait une maison de jeu, à l'affût d'une tuberculose disponible. Il était bien le symbole de leur échec à tous... Car ils avaient échoué lamentablement...

*

Tous, moins Jerônimo Soares. Lui, s'il n'était pas arrivé à l'entière félicité, marchait vers elle à pas de géant. De plus en plus libéré de l'influence de Pedro Ticiano, il avait décidé de vivre définitivement avec Conceição. Il avait loué une petite maison et l'avait meublée décemment. Ils avaient emménagé un samedi après-midi. Conceição, toute contente, une joie enfantine dansant sur son visage, installait son nouveau logis. Elle avait toujours aspiré à posséder une maison. Quand elle était jeune fille, chez ses parents, le mariage lui apparaissait comme l'idéal absolu. Ensuite, elle s'était perdue. Et, prostituée, malmenée, elle n'avait jamais oublié son rêve. Une petite maison... Un homme à qui elle appartiendrait entièrement, dont elle serait l'amour et qui représenterait pour elle la Félicité.

Que de fois ses compagnes de travail, putains syphilitiques et cyniques, ne s'étaient-elles pas gaussées de ses désirs !

— Quand on tombe dans cette vie, ma fille, on n'en sort plus. Tout au plus, on se trouve un protecteur... Mais ça, c'est pire. Le jour où tu veux donner ton corps à un autre homme, pas question. Tu as ton bonhomme dans les pattes. Si, malgré tout, tu t'entêtes, tu reçois des coups et tu retournes à la rue.

Et elle redoutait de prendre un ami.

— Notre corps à nous autres ne se déshabitue pas d'être à tout le monde. Il ne se contente pas d'un...

Mais Conceição était née pour être mère de famille. Elle était née pour se donner à un et à un seul. Aussi, quand Jerônimo, sentimental et avide d'amour, était entré dans sa vie, elle comprit que ses rêves se réalisaient. Elle l'aima intensément. Lui, en retour, était d'une bonté infinie.

— Un saint ! disaient ses compagnes.

Il y avait pourtant des jours où il était de mauvaise humeur. Il lui disait des choses dures, la faisait souffrir. Elle pleurait beaucoup et lui, il devenait pesant. Les jours de cette sorte allaient se raréfiant dernièrement. Et elle se vantait d'être en train de le conquérir par son amour. Elle ne savait pas que c'était le déclin de l'influence qu'avait Ticiano sur Jerônimo qui réalisait ce miracle. De fait, Jerônimo voyait peu Ticiano. Il craignait d'être pris à

nouveau dans le cercle de fer des *blagues** de
ce destructeur.

— L'amour est une imbécillité...

Mais Jerônimo, assoiffé d'amour, préférait
être imbécile plutôt que malheureux.

*

Ils se retrouvèrent chez Pedro Ticiano.
L'état de leur ami avait soudainement empiré
et, à cette nouvelle, ils s'étaient rendus à son
chevet. Paulo Rigger, très triste, très sentimental, avec une peur horrible que Ticiano ne
meure. Ticiano l'aidait, par ses *blagues** et son
scepticisme, à supporter la vie. Jerônimo Soares, avec une tête de Magdeleine repentie,
conversait, rappelant les railleries de Pedro.
Près du pauvre lit où le malade reposait sa
peau et ses os, se trouvait José Lopes, tenant
une grande cuillère pleine de remède. Pedro,
encore lucide, essayait de leur parler.

— Vous êtes très bons ! Je ne sais comment
vous rendre tant de bonté...

— Voyons, Ticiano, je t'en prie...

— C'est notre devoir. Nous te devons tant...

Et Jerônimo Soares énumérait les bienfaits
que leur avait prodigués Pedro Ticiano.

José Lopes, en lui administrant le remède,
dit à Pedro :

178

— Lui, il ne te doit rien, Ticiano. Si tu continues à influencer ce garçon, tu en feras un malheureux...

— Mais au moins il sera différent de la totalité des hommes. C'est ce que j'ai voulu faire. Un homme différent, digne de nous.

— Mais ce n'est pas pour lui. C'est un très bon garçon...

— Très bon. Une grande âme...

— Si bien qu'on lui pardonne la petitesse de son cerveau...

— Le pauvre !

Pedro Ticiano se préoccupait de Ricardo Brás. Avaient-ils reçu une lettre de lui ?

— Non. Dans sa félicité bourgeoise, il ne nous écrit pas, répondit Paulo.

José Lopes répliqua :

— Pas du tout... Il n'écrit pas parce qu'il est malheureux. Ricardo est très orgueilleux. Nous ne cessions de répéter que la Félicité n'est pas dans l'amour, qu'il en serait rassasié. C'est fait. Peut-être à cette heure souffre-t-il horriblement. Mais l'orgueil lui interdit de s'en ouvrir à ses amis... Ricardo n'avouera jamais qu'il s'est trompé.

— Exactement, approuvait Ticiano, la voix lasse, ténue.

— Mon pauvre Ricardo...

— Toi, Paulo, tu es devenu sentimental depuis ta tragédie amoureuse...

179

— C'est vrai. Aujourd'hui je n'ai plus que vous, mes amis. Si je vous perds, je suis seul dans la vie et je ne sais pas ce qui arrivera. Et en vérité, j'ai déjà commencé à vous perdre. José et Jerônimo, qu'on ne voit plus. Ticiano, malade. Ricardo, dans le Piauí.

— Je veux vous épargner le spectacle de ma misère...

— Quel orgueil, José !

— Et Jerônimo cache son bonheur. C'est comme ça... On doit souffrir et jouir seul.

— Je ne te reconnais pas, José.

— C'est qu'aujourd'hui, Paulo, je suis sincère...

— Des paradoxes, maintenant ?

— En hommage à Ticiano.

— Ah !

L'horloge sonna l'heure. Et Ticiano réclama le remède :

— Moi qui n'ai jamais obéi à personne, je suis obligé, à la fin de ma vie, d'obéir à une horloge...

★

— Je veux te présenter à mon amour.

— Oui, Jerônimo. Tu dois te libérer de Ticiano. Il a de l'affection pour toi. Il pensait faire tout ça pour ton bien. Comme il s'est trompé... Tu dois aspirer à la Félicité pardessus tout. Ticiano, qui adore l'insatisfaction et la douleur, pensait faire de toi un nouveau *Lui*. Tu aurais été éternellement malheureux. Ticiano est un être d'exception. Il vient d'une autre époque. Il ne sent pas la nécessité que nous sentons nous autres, hommes d'aujourd'hui, de chercher la Félicité, la *fin* de l'existence. Il vit parce qu'il est né. Il ne veut pas se réaliser, il ne veut pas vaincre.

— On peut dire même, il n'a pas voulu...

— C'est vrai. Il est à la mort. Grand Ticiano... Des hommes comme lui, il en existe peu dans un siècle... Et ils meurent dans la misère.

— Il est né au Brésil...

— Dans ce Pays du Carnaval, seuls les masques ordinaires émergent. Il a été très supérieur à nous tous. Il a su vaincre l'insatisfaction. Il n'a pas eu à résoudre le problème de son existence. Il s'est placé au-dessus de la vie. Spectateur...

— Mais nous...

— Nous devons vivre. Et chercher à ne pas échouer. Tenter la Félicité. Pour ne pas vivre ma misère et celle de José Lopes... Tu dois, tu as le devoir d'être heureux...

— Je le serai, Paulo.

XIV

Il prit l'automobile en vitesse. Ce coup de téléphone l'avait secoué. Pedro Ticiano était à la mort. Il vivait les derniers instants d'une existence agitée entre toutes. Son fils venait d'appeler Paulo Rigger. La grande horloge, contre le mur, annonça d'une voix rauque onze heures du soir. Paulo Rigger descendit réveiller le chauffeur. Il poussa la porte de la chambre. Dans le lit étroit, serrés, le chauffeur et la femme de chambre dormaient du sommeil innocent de ceux qui ont leur instinct satisfait. Il les réveilla. Une confusion d'excuses. Honteuse, la domestique couvrait son visage au lieu de couvrir les autres parties qu'elle étalait, opulentes.

— Allons, Augusto. C'est sans importance. Vous pouvez coucher ensemble quand vous voulez. Ça m'est égal. Mais je dois partir immédiatement. Sors la voiture.

Il pleuvait beaucoup. Il voulut faire une phrase et dit une sottise :

— Le ciel semble pleurer la disparition de Ticiano. Bahia et les mauvais écrivains du Brésil, eux, se réjouiront. Ils sont capables de donner un bal...

L'automobile s'arrêta à la porte de Jerônimo Soares. Il frappa. De l'intérieur ne venait que le silence. Il frappa à nouveau. Personne. À la fin, il donna des coups de poing sur la porte, hors de lui, pressé d'arriver à la maison où son ami agonisait. Jerônimo apparut à la fenêtre.

— Qu'est-ce que c'est ?

— C'est moi. Paulo Rigger.

Jerônimo vint ouvrir, inquiet :

— Qu'y a-t-il, Rigger ?

— Ticiano est en train de mourir. Allons vite.

Jerônimo ne prit que le temps d'enfiler un pantalon et une veste. L'auto démarra de nouveau, en direction de la pension où logeait José Lopes.

Après qu'ils eurent beaucoup secoué l'énorme porte cochère, apparut la patronne de la pension, une petite vieille, grosse, les mains sur les hanches :

— Qu'est-ce que vous voulez ?

— Parler au senhor José Lopes.

— Il n'est pas rentré. Et il n'a pas le courage de se montrer avant l'aube. Le filou me doit deux mois de chambre. Il arrive tard la nuit et s'esbigne dès le matin. Je ne sais pas ce qu'il fait... Un filou !

— Suffit, minha senhora. Combien vous doit José Lopes ?

— Voyons, combien... Deux mois de chambre à deux cents mil-réis.

— Je les paie.

Et Rigger tira l'argent de son portefeuille. La femme s'amadoua :

— Vous m'excuserez. Mais vous comprenez...

Et, comptant l'argent, tout honnêteté :

— Mais il y a deux cents mil-réis de trop.

— C'est un mois d'avance. Mais ne dites rien à José. Et maintenant, où pourrais-je le trouver ?

— Je ne sais pas, *meu senhor*. Il n'avertit jamais de là où il va...

Ils restèrent perplexes. Où trouver José Lopes ?

— Peut-être est-il déjà chez Ticiano...

— Non. Le fils de Pedro m'a dit qu'il n'était pas encore là et qu'il ne savait pas où il pouvait le joindre.

Et, soudain :

— Mais il s'occupe d'une maison de jeu. Tu sais où, Jerônimo ?

Jerônimo savait. L'automobile roula. Ils montèrent de longs escaliers et, à un troisième étage, entendirent des cris de gens ivres.

— Ce doit être ici.

Le portier, interrogé, expliqua que José Lopes n'apparaissait pas depuis des jours. Une fois ou l'autre, à ses heures, il venait au club. Seulement boire... Et le portier philosopha, en bon mulâtre brésilien :

— Un type bizarre, ce *m'sieur* José Lopes. Toujours à lire et à boire. Des histoires qui commencent comme ça, j'en ai déjà vu beaucoup...

Paulo et Jerônimo n'entendirent pas, déjà loin dans les escaliers.

— Il faut renoncer. Allons-nous-en.

— Allons.

L'automobile démarra dans les rues défoncées, emportant les deux hommes, et le silence triste, lourd.

★

Pedro Ticiano agonisait en pleine possession de ses facultés, bien qu'il fût près des soixante-dix ans. Beau, aux dernières heures de sa vie. La peau et les os, marqué par la fièvre, son visage, néanmoins, était auréolé d'une étrange beauté.

Paulo Rigger entra la tête basse, serrant les lèvres pour ne pas pleurer. Il aimait ce destructeur admirable qui avait su vivre une vie d'opposition.

Jerônimo Soares étreignit Pedro...

— Alors, comment va-t-on ?

Le moribond répondit d'un filet de voix :

— On va, comme tu vois.

Dans la chambre, une petite lampe électrique pleurait à travers l'abat-jour une lumière blanchâtre.

Ticiano regarda autour de lui :

— Et José ?

— Nous n'avons pas réussi à le trouver. Mais il ne va pas tarder. Et d'ailleurs, nous avons tant de temps encore pour bavarder... Des années...

— Laisse ça, Jerônimo. Tu veux me consoler ? Je sais que je vais mourir. Mais je n'ai pas peur de la mort. J'ai beaucoup vécu. Je connais la vie et les hommes.

Et, voulant plaisanter :

— Et les femmes aussi.

Son fils et sa petite-fille pleuraient. Paulo Rigger, muet, des sanglots étranglés dans la gorge, avait un grand air d'idiot.

Pedro Ticiano souriait de la mort. Formidable jusqu'au dernier moment. Mourant aussi admirablement qu'il avait vécu.

Au chevet du lit, Paulo Rigger s'interrogeait, épouvanté comme si c'était lui l'agonisant. Et s'il y avait un ciel et un enfer ? Pedro Ticiano serait condamné. Peut-être il souffrirait. Cette idée le révoltait. Et si l'on appelait un prêtre ?

Il passait les mains sur ses cheveux, sur son front brûlant. Il s'approcha plus près de Ticiano. Lui murmura à l'oreille :

— Et s'il y a une autre vie, Pedro ?

— Tu veux appeler un prêtre, Rigger ? Ne fais pas ça. Je ne crois pas. Je tiens à ce qu'on sache que je meurs incroyant.

Il faisait un effort pour sourire. Et il continua, la voix plus basse :

— Et s'il y en avait une, je préférerais l'enfer.

Et les derniers moments arrivèrent. La face de Pedro Ticiano se contractait en un rictus de douleur.

— Je meurs ! Je meurs !

— Ticiano ! Ticiano !

Paulo se précipita.

— Réponds-moi, Ticiano. Quelle est la solution du problème ? Pour quelle fin vit-on ?

— On vit pour vivre. La Félicité c'est tout ce qu'on n'atteint pas, ce qu'on désire...

— Et le secret pour être serein ?

— Ne pas désirer. Arriver au suprême renoncement de ne pas vouloir. Vivre pour mourir...

Il retomba, épuisé. Jerônimo pleurait comme un enfant. Le fils, tassé dans un coin, contemplait la scène douloureuse. Le moribond releva la tête dans un effort désespéré. Il lança des regards autour de lui en un adieu. Il murmura d'une voix lointaine, une voix d'outre-tombe :

— Quelle triste fin pour ma grande tragédie !

Il tenta encore une fois de sourire. Mais sa bouche résista douloureusement. Ses yeux se fermèrent. Et Pedro Ticiano mourut. Son fils étreignit longuement le cadavre. Jerônimo sanglotait. Et sa petite-fille se mit à réciter une prière inconnue de Paulo Rigger, demandant le salut de cette âme. L'enfant récitait à voix haute :

— « Notre Père, qui êtes aux cieux. »

Paulo Rigger eut envie de prier avec elle. Et Pedro Ticiano qui était mort athée ! Il sortit de la chambre avant que ses sanglots n'éclatent et il se mit à prier, ridiculement, comme la petite-fille du mort...

★

Ils finirent par trouver José Lopes à l'aube, ivre dans un bar. Paulo le secoua :

— José ! José !

— Quoi donc, Paulo ?

José Lopes récupérait la maîtrise de lui-même en examinant la physionomie ravagée de son ami.

— Pedro Ticiano est décédé.

— Quoi ?...

José Lopes s'assit. Il passa les mains sur ses yeux. L'ivresse se dissipa.

— Et moi qui n'étais pas présent...

— Nous t'avons cherché, mais il a été impossible de te découvrir.

— Quel malheur ! Quel malheur !

— Immense. Maintenant, ce qu'il nous reste à faire, c'est nous occuper de l'enterrement.

— C'est vrai.

— Toi, José Lopes, tu parleras.

— Personne n'ira à l'enterrement, à part nous.

Mais il n'advint pas ce qu'ils prévoyaient. Beaucoup de gens se rendirent à cet enterrement. La nouvelle avait circulé rapidement dans la ville.

— La mauvaise littérature patricienne, affirmait Paulo Rigger, va sauter de joie. La voilà délivrée de son ennemi majeur.

Jerônimo rappelait que Pedro Ticiano considérait la littérature brésilienne une sous-littérature portugaise. Et il le disait. Les patriotes enrageaient. Ils devaient être contents maintenant. Et, peut-être pour s'assurer de la mort de Pedro Ticiano, tous les journaux et toute la littérature de la ville suivirent son enterrement. Mais ils s'en repentirent. Le discours de José Lopes, terrible, stigmatisa tous les imbéciles qui avaient toujours contrecarré Pedro Ticiano en tout, qui toujours l'avaient oublié et qui maintenant étaient là, hypocritement. Pedro n'avait rien à faire de leur présence. Il ne la leur demandait pas ni ne les en remerciait. Et son discours était entrecoupé de sanglots. Parfois, il toussait aussi. Et les littérateurs pensaient qu'il ne tarderait pas à suivre Pedro Ticiano.

Ils restèrent ensemble, à la table d'un bar, jusque tard dans la nuit, évoquant leur ami mort.

— Les derniers liens qui me rattachent à la vie se sont rompus. J'ai tout perdu. Je perds maintenant les amis qui me restent.

Les deux autres, plongés dans un silence pesant, ne répondaient pas à José Lopes.

— Ricardo si loin.

— On doit avertir Ricardo, rappela Jerônimo.

Paulo Rigger se chargea d'écrire à l'absent.

— Pauvre Ricardo ! Il va tant regretter...

— Nous allons troubler sa félicité...

— Ou augmenter son infélicité...

Le phonographe, dans un coin, hurlait un samba en vogue :

Esta vida é boa[1]...

— L'individu qui a fait ce samba est un très grand crétin. Cette vie est une misère...

Ils évoquèrent les dernières paroles de Ticiano.

— J'ai toujours dit qu'il vivait une grande tragédie.

— La sincérité de l'ultime moment...

— Ou l'ultime *blague*★ ?

— J'ai acquis aujourd'hui, Paulo Rigger, la sérénité de Pedro Ticiano. Je ne désire plus rien... Je vivrai ainsi jusqu'à ma mort...

Jerônimo ne disait rien, pensant qu'entre ces deux hommes si malheureux il commettait le crime de tenter d'atteindre la Félicité.

Ils quittèrent le bar. Le phonographe hurlait toujours, sarcastique :

Esta vida é boa...

Ils achetèrent des journaux à un gamin qui grelottait dans ses loques. Tous les quotidiens faisaient de longs articles sur la mort de Pedro Ticiano. Beaucoup d'éloges. L'*Estado da Bahia* lui consacrait de larges lignes noires. Il déplorait la disparition « du grand littérateur qui avait dirigé le journal pendant

1. « Elle est bonne oui, cette vie... »

quelque temps, et avait élevé son renom ». Et il poursuivait : « Nous, qui avons été ses amis jusqu'à la dernière heure, qui ne l'avons pas abandonné » et terminait : « Nous sommes en deuil comme l'est tout le Brésil qui perd l'un de ses fils. »

— Un chien, ce Gomes !

— Écoute... Le fils de Ticiano m'a montré aujourd'hui des télégrammes de condoléances de l'Association de la presse et de l'Académie des lettres...

— Canailles ! Une fois leur ennemi mort, ils le célèbrent. Avant, par peur, ils le boycottaient à qui mieux...

— Mais je vais écrire des articles là-dessus... Je les écraserai, promit José Lopes.

Ils s'acheminèrent vers leurs maisons respectives.

La lune, dans le ciel, ne ressemblait pas à une femme languide. C'était seulement le satellite de la Terre.

XV

Malgré tout, c'était comme s'il lui manquait quelque chose. Depuis que Pedro Ticiano était mort, son ascension vers la complète Félicité s'était réalisée rapidement. Il avait oublié les *blagues*★ de son ami, ses conseils, les railleries. Il avait rejeté, comme un fardeau inutile, ses problèmes. Avait rapidement perdu son insatisfaction. Ce n'était là qu'une attitude d'esprit sous l'influence de Ticiano. Il se souvenait de lui comme d'un mythe, d'un être exceptionnel qui torture et s'impose. Ticiano, qui le torturait, qui avait jeté le doute dans son esprit, l'avait dominé par la force de ses bravades, de tout son être étrange de sceptique démolisseur. Jerônimo Soares se remit à sentir le même enthousiasme quand passaient dans la rue, fièrement, des soldats qui chantaient ce qu'on appelle l'hymne national. Il recommença à goûter les choses communes de la vie. Entra en relation avec ses voisins. Il discutait politique avec le senhor Bredoredes Antunes da Encarnação, qui penchait pour le retour du Pays au régime constitutionnel. Il saluait en souriant la petite vieille du coin qui faisait des douceurs pour les vendre dans la ville. Il redevint le petit fonctionnaire modèle d'autrefois, avant qu'il ne connaisse Pedro Ticiano.

C'était l'escalade de la Félicité.

Et, de surcroît, il avait Conceição. L'ancienne prostituée, très tendre, remplissait sa vie. Elle l'aimait comme savent aimer les femmes qui ont vendu leur corps à une foule d'hommes. Ces femmes sont la quintessence de l'amour. Le summum de la tendresse. Conceição devinait ses désirs. Elle lui donnait ce bonheur quotidien que les hommes équilibrés obtiennent et que les autres cherchent tant. Le soir, elle posait la tête de Jerônimo sur ses genoux et restait des heures durant à caresser sa chevelure de métis. Ils restaient silencieux, voluptueux de félicité. Il n'avait plus de jours de mauvaise humeur. Le même, toujours. La même grande bonté. Le même sourire confiant de qui s'est délivré de l'insatisfaction.

C'était Ruth, la femme de Ricardo, qui disait juste. Tout ça, toute cette affaire d'insatisfaction était littérature...

Aujourd'hui, comme il donnait raison à Ruth ! Littérature, tout... Néanmoins il sentait qu'il manquait encore quelque chose. Sa félicité était grande, mais on ne pouvait pas la dire absolue. Il se ressentait de quelque chose. Jerônimo ne savait pas quoi. Et parfois, de rares fois, il est vrai, ça lui passait par la tête et ça le troublait. Quelque chose lui manquait...

À son administration, où maintenant il se rendait ponctuellement tous les jours, il lâchait sa plume et méditait. L'amour, il l'avait. Il gagnait bien. Bonne table, bon lit. Que lui fallait-il ? Serait-ce le diable de l'insatisfaction qui le persécutait ? Les *blagues** et les paradoxes de Pedro Ticiano seraient donc la vérité ?

— Non. Cette affaire d'insatisfaction et de doute, c'est pour Paulo et pour José Lopes. Pas pour moi. Je suis un bourgeois heureux. Sans un brin d'intellectualisme... Mais, diable, qu'est-ce qui peut bien me faire faute ?

Son compagnon de bureau le réveillait :

— Hé, vieux frère ! Tu es dans la lune ?

— Non. Je pense à des choses...

— Tu penses ? Tu es poète, garçon ?

— Quoi ! Dieu m'en garde...

Le soir aussi il s'interrogeait. Tant qu'il n'arriverait pas à la complète félicité, il n'aurait pas de repos. C'est qu'on finit par se rendre malheureux à ressasser un problème. À cette époque Jerônimo Soares ne désirait rien, ne nourrissait pas d'aspirations. Vouloir devenir le chef de sa section n'était pas vraiment une ambition.

★

Conceição, les sens satisfaits, s'affala de son côté. Les jambes écartées, étendues de tout leur long, dans la sérénité de qui a mis la chair à jour. Jerônimo tira la couverture jusqu'à son menton et se disposa à dormir. Mais il n'avait pas entièrement perdu le vice de converser avec lui-même, vice qu'il avait hérité de la fréquentation de Pedro Ticiano. Et, avant de s'abandonner au sommeil, il s'abandonna à ses pensées.

En fin de compte, il n'avait pas trahi ses amis. Ticiano lui-même disait qu'il n'y avait ni défauts ni vertus. La question se résumait à savoir cultiver ses vertus comme des défauts ou à rabaisser les défauts au rang de vertus. Lui cultivait ses vertus comme Ticiano aimait ses défauts. Ses vertus étaient ses motifs de satisfaction. D'ailleurs, tous les autres avaient tenté la Félicité. Ils avaient échoué. Lui avait gagné.

Et, dans sa naïveté, il pensait que ç'avait été simplement une question de chance. Il ne s'était jamais rappelé la phrase de Ticiano : « Seuls les *ânes* et les crétins atteignent la Félicité... »

Le pire, c'était cette chose qui lui manquait. S'il la trouvait, il vivrait heureux toute son existence. Qu'est-ce que ça pouvait être ?

— Rien, cherchait-il à se convaincre, il ne me manque rien. C'est un reste de l'influence des amis.

Le sommeil commençait à peser sur ses paupières. Il se pelotonna et s'endormit. Il eut un rêve étrange. Il se rappela, dans ce rêve, le soir où il était rentré irrité de chez Ticiano. Il avait obligé Conceição à arracher du mur, au-dessus du lit, l'image de saint Antoine. Elle, entre parenthèses, avait beaucoup pleuré...

Il se réveilla en sursaut. Et résolut le problème. Ce qui lui manquait, c'était la foi, la religion. Oui, il lui manquait Dieu.

Joyeux, il secoua Conceição :

— Conceição ! Amour, réveille-toi !

La fille ouvrit un œil vague.

— Qu'est-ce qu'il y a, Jerônimo ?...

— Tu sais que demain il faut aller à la messe ?

— Hein ?

Elle sursauta. Fit une mimique d'impatience (la tirer de son sommeil pour la tracasser), se tourna de l'autre côté et continua sa nuit.

— Je n'ai qu'à y aller moi-même...

Jerônimo Soares se signa, se couvrit la tête avec le drap et s'endormit du premier sommeil entièrement heureux de sa vie...

★

Les commis voyageurs qui, d'aventure, poussaient leur tournée jusqu'à cette petite ville de l'intérieur du Piauí, émettaient un avis définitif sur elle :

— Une petite ville sans vie, sans animation, des gens bornés.

Ils avaient raison, les *comètes*. Grandement raison. La ville typique du nord du Brésil. Manque d'animation. Petit commerce aux mains d'Arabes malins. La pharmacie, éternel lieu commun des bourgades brésiliennes, carrefour des discoureurs : le colonel-maire, le médecin, l'instituteur, le juge, le plaideur, *seu* Leocadio des Postes, tous les gros bonnets de l'endroit. Le magasin qui vend même de la soie, la boutique qui expose en devanture, les jours de marché, des carrés de mouton et de grosses poules à donation. La longue *grand-rue* où se trouve la Mairie et où réside le médecin. La place de la Matrice où se dressent les maisons des privilégiés. Seuls les hommes éminents de la ville habitent là. Et encore quelques rues, petites, étroites, avec peu de maisons et beaucoup de gens. Aux confins de la ville, trois maisons où vivent de rares putains. Une absence absolue de nouveauté. Cinéma les jeudis, samedis et dimanches. Des jeunes filles qui font de la dentelle (il y a encore des jeunes filles qui font de la dentelle) assises devant leur porte. Tout le monde se connaît. Parler de la vie de son prochain est un art. Un art difficile dans lequel est imbattable Dona Felismina, l'épouse de Juca le Charpentier. Une ville où même les mineurs ont leur personnalité. Peu de garçons, beaucoup de filles. Une pureté romantique à la 1830. Seuls quelques garçons connaissent les femmes. C'est que peu d'entre eux ont déjà vingt et un ans accomplis, âge auquel leurs pères leur permettent de se déniaiser. C'est le Brésil dans toute sa pureté !

La poésie des *côcos*, que l'on danse encore dans les maisons les plus riches. (Dona Risoleta, la fille du maire, qui était allée étudier à la capitale, trouvait les *côcos* ridicules. Elle jouait au piano des musiques nouvelles, barbares. Le peuple, vindicatif, la traite de folle en représailles...) Le curé à l'air paternel qui bénit tout le monde, un bon curé père de quinze enfants qui lui avaient déjà donné quelques petits-enfants. Le primitivisme et la beauté d'une religion pleine de superstitions, plus africaine que latine. L'invariable papotage à la pharmacie, tout le jour, de huit heures à midi, d'une heure à six heures. Jouer aux dames devant sa porte, entouré de curieux qui apprécient les bons coups (m'sieur l'capitaine Teodoro était *champion* au jeu de dames). Les rares mariages des garçons qui n'émigraient pas à São Paulo pour chercher fortune et la vie.

Peu de nouveauté, beaucoup de pittoresque. Heureuse petite ville où les filles ne lisent pas Pitigrilli et ne « fricotent » pas dans les cinémas. Où l'on pense au mariage. Une ville où Floriano Peixoto est adoré et où l'on croit que l'Angleterre craint le Brésil (« Quand viendra la guerre avec l'Argentine... » — et le senhor capitaine Teodoro lâche ses dames et décrit de futurs exploits). Où les garçons ne souffrent pas de blennorragie et où les prostituées sont des divinités inaccessibles. Et encore, ça paraît incroyable, il y a de l'amour dans cette ville. Un amour pur, sans désirs. (Avec celle qu'on aime on n'a pas de pensées impures : c'est là un moyen infaillible de reconnaître si l'on s'adore véritablement, selon les garçons de l'endroit...)

— Votre bénédiction, m'sieur le curé...

— Dieu te bénisse, mon fils.

En pleine rue, un garçon de bien dix-huit ans, main tendue, qui reçoit avec le plus grand respect la bénédiction du représentant du Ciel. Grande poésie délicieusement ridicule de l'intérieur du Brésil.

Et, là dans le fond, la rédaction de *O Cravo*, fermée faute de nouvelles et de rédacteur...

Mais les jours de grande fête nationale la ville s'animait. Elle se garnissait de bambous et de drapeaux vert et jaune. La philharmonie jouait au kiosque de la place de la Matrice, patriotiquement, fière de sa perfection. La meilleure philharmonie des villes et des bourgades de la région. À la capitale, bien peu pouvaient rivaliser. Nonobstant, Juca le Charpentier, qui cumulait les fonctions de maestro, « ne savait pas, non »... Il ne mettait pas sa main au feu de la victoire d'aucune des « fanfares » de la capitale, s'il y avait un défi...

Kermesse. Des Turcs qui tirent des photos instantanées. Des garçons qui causent avec leur fiancée.

Grande fête ce jour-là. Le méritissime maire (si méritant que la révolution n'avait pas réussi à le renverser. Elle avait seulement changé son nom en *interventeur*) avait organisé, conjointement avec le capitaine Teodoro, un programme de festivités qui sortait de l'ordinaire. À trois heures de l'après-midi, parlerait du kiosque de la place monsieur le juge et, le soir, le docteur-procureur ferait une conférence sur le « Jour de la Patrie ».

Le procureur était Ricardo Brás. Il s'était fait une réputation de bon orateur par quelques discours qu'il avait prononcés en des circonstances aussi solennelles que celle-ci. Dans les fêtes, il récitait des vers de son cru qui faisaient les délices des demoiselles et rendaient jalouse Dona Ruth. Ricardo allait même ressusciter *O Cravo*. Il aimait le nom du journal : *O Cravo — clou* forgé, il pouvait attaquer, transpercer, et *œillet*, il pouvait louer, charmer. Un nom bienvenu, riche de sens. Ricardo avait peu de travail. De rares prévenus à accuser. Il élevait des oiseaux. Devisait à la pharmacie. Aimait sa femme. Et il se sentait profondément, totalement malheureux. Il n'était pas né pour cette vie-là. *La même chose, le manque d'imprévu* le martyrisaient. Ses amis avaient vu juste : il n'avait pas trouvé la Félicité dans le mariage. Son expérience avait échoué. Son amour s'était mué en habitude. Le baiser du matin, les menus propos durant la journée, les discussions à cause du déjeuner, le soir ensemble au lit, Ruth, toujours la même. Elle ne lui avait jamais donné une sensation nouvelle, ne lui disait pas de choses réconfortantes. Il l'aimait brésiliennement, très

202

bourgeoisement, comme une digne femme mariée, sans emportements et sans vices. Le calme dans lequel ils vivaient torturait Ricardo Brás. Décidément il n'était pas né pour ça. La stupidité de cette vie — manger, dormir, faire un discours une fois ou l'autre, converser avec des gens ignorants...

Il avait échoué... L'insatisfaction, qu'il avait pensé vaincre, le dominait complètement. Et le découragement l'habitait. Il passait des jours en silence, relisant le peu de livres qu'il avait apportés de Bahia. Ruth trouvait qu'il « était changé ».

— Tu as besoin, petit amour, de perdre la manie de la littérature...

— Je sais.

Il aimait à se promener sur les terres avoisinantes et réfléchir. Il avait enterré sa vie. Un de ces jours il deviendrait juge, il ne dépasserait pas ce stade, il serait un respectable juge le reste de son existence. C'eût été beaucoup mieux de rester à Bahia, avec ses amis, subissant avec eux la tragédie qui les tourmentait. Plusieurs fois, il avait commencé à écrire des lettres à Paulo Rigger et à José Lopes. Mais l'orgueil l'empêchait de les envoyer. Il ne confesserait son infélicité à personne... Il avait échoué...

— La Félicité n'est à la portée que des imbéciles et des crétins...

Combien Pedro Ticiano avait raison ! Ricardo, lui, avait protesté. Il avait affirmé que le sens de l'existence se trouve dans l'amour. Il en avait fait l'épreuve. Il était marié, aimé de sa femme qui attendait un enfant, il gagnait relativement bien, mais était totalement malheureux.

Il avait pensé que le bonheur quotidien est à la portée des hommes intelligents...

★

La place de la Matrice grouillait de monde. Tout le peuple était là dans ses meilleurs habits. Il y avait mât de cocagne, pot cassé, course en sac, discours de monsieur le juge et, le soir, la conférence tant attendue de Ricardo Brás.

— Il parle bien, le docteur procureur...

— Il récite, petite, que c'est une merveille...

Et d'imiter :

Quando você passa, ó gentil princesa[1]...

Des groupes de gens bavardaient avec animation. Ricardo, assis à côté de son épouse,

---

1. « Lorsque tu passes, ô gentille princesse... »

tout à ses pensées, ne vit pas le juge qui s'approchait familièrement :

— Holà, Ricardo !

— Oh, docteur Faustino ! Alors, d'ici peu nous aurons votre discours...

— Vous allez voir. Un formidable discours. Ici, il n'y a que vous et le médecin qui me compreniez. Les autres, des ignorants...

Le peuple réclamait le laïus de monsieur le juge. La philharmonie attaqua l'hymne national.

Tout raide dans son vieux frac, de rares cheveux blancs affrontant sa docte calvitie, le bras dressé, l'orateur commença :

— Brésiliens...

Et il improvisa le discours appris par cœur la veille. Il évoqua le « glorieux passé du canon » (un vieux canon inutile de la guerre du Paraguay, relique de la ville) et termina en baisant le drapeau avec émotion :

— Ma Mère Patrie ! Ma Mère Patrie !

Les applaudissements éclatèrent. Force accolades. Félicitations. Compliments.

— Un beau discours !

— Même la femme du maire a pleuré.

Le capitaine proposait que l'on organise un corps de réservistes. Ce serait magnifique. Quand viendrait la guerre avec l'Argentine...

Le juge voulait savoir l'opinion de son « confrère » Ricardo Brás sur son discours.

— Je l'ai beaucoup aimé. C'était très bon…

Les gamins tentèrent d'escalader le mât de cocagne, attirés par un billet de cinq mil-réis qui se balançait au sommet. D'un pot cassé sortit un chat qui s'enfuit, affolé, poursuivi par les garnements. Ricardo Brás regardait tout ça avec un grand ennui. Il avait enterré sa vie…

— Pourquoi ne vas-tu pas causer avec le maire et le juge ? Tu es là comme un ours…

Et Ruth s'étonnait de l'attitude de son mari.

Ricardo se dirigea vers le groupe. Ils parlaient de la formation d'un corps de réservistes.

— Monsieur le procureur que voici sera le président.

— Merci. Le président doit être monsieur le maire.

— Monsieur le juge, le secrétaire.

Et le médecin serait le trésorier.

— Et le docteur Ricardo, l'orateur…

— Approuvé.

Seu Leocadio des Postes s'approcha :

— Docteur Ricardo, hier il est arrivé une lettre pour vous. La voilà.

Une lettre de Paulo Rigger. Il fut saisi d'impatience. Des nouvelles de ses amis. Il allait en avoir. Mais il dut attendre beaucoup. Finie la fête, il y eut bénédiction. Sermon du curé sur la chasteté…

Il s'enferma dans sa chambre. Quand il eut achevé de lire la lettre, des larmes tombèrent de ses yeux, salissant la conférence écrite depuis des jours. Pedro Ticiano était mort... Et était mort en affirmant que la Félicité, c'est ne pas désirer... Et lui, Ricardo Brás, qui avait tant désiré... Vivre pour vivre... Et lui qui avait voulu vivre pour l'amour... Malheureux... Malheureux...

Il laissa retomber sa tête sur la table, dans un geste de total découragement. Une grande lassitude envahit ses membres...

— N'atteignent la Félicité que les imbéciles et les crétins...

— Toute victoire dans la vie est un échec dans l'art.

Et la voix de Pedro Ticiano résonnait à ses oreilles, métallique. Il revoyait la silhouette de son ami. Grand, maigre, toujours en noir, très sceptique, énonçant des paradoxes...

— Arriver à la suprême renonciation de ne pas désirer...

Et Ricardo Brás pleura sur son échec.

On frappa à la porte. Il ne répondit pas. On frappa à nouveau.

— Qui est-ce ?

— Moi, Ruth...

— Qu'y a-t-il ?

— Tu veux faire attendre le maire et le juge ? C'est l'heure de la conférence. Allons.

Et Ricardo Brás obtint, ce soir-là, un splendide triomphe avec sa patriotique conférence...

Ensuite, l'ennui...

La même chose, toujours.

La Terre qui tourne autour du Soleil 365 jours.

Un jour, un autre jour.

La Terre qui tourne sur elle-même en 24 heures.

Le jour. La nuit.

Toujours la même chose.

La même tragédie : la tragédie de la monotonie...

XVI

Rapide, la transformation de José Lopes. Il avait disparu depuis un mois. Inutiles, les démarches qu'avait entreprises Paulo Rigger, de bar en bar, dans l'espoir de le découvrir. José Lopes s'était volatilisé. La maison de jeu avait fermé. La patronne de la pension ne donnait pas d'informations. Et Paulo Rigger avait décidé de renoncer quand, un après-midi, il le rencontra, bien habillé, l'air plus serein, sortant d'un cabinet médical.

Il courut derrière lui, faisant effondrer une infinité de paquets qu'un respectable père de famille portait consciencieusement chez lui.

— Hello, José !

José Lopes se retourna. Il prit chaleureusement Paulo Rigger dans ses bras.

— J'étais sur le point d'aller te voir.

— Tu as disparu. Je me suis usé les jambes à te chercher...

Paulo Rigger contempla son ami. Le visage calme, sourire aux lèvres, aurait-il trouvé la *fin* de la vie ?

— Tu es un autre… Entièrement changé… Calme…

— Tu crois ?

— Tu es amoureux ?

— Non. Heureusement.

— Que diable alors t'est-il arrivé pour être ainsi ?… Tu te rappelles, cette réclame, pour je ne sais quel remède ? « Autrefois j'étais ainsi » et on voyait un homme plus ou moins malade ; « j'étais devenu ainsi » et l'homme était un vrai cadavre ; « aujourd'hui je suis ainsi », et l'homme était gros et fort. Tu as réalisé le miracle de la réclame. Quand je t'ai connu, tu étais plus ou moins malade. Tu as empiré ensuite grandement. Aujourd'hui tu es tout ce qu'il y a de guéri…

José Lopes écoutait, souriant.

— Quel remède t'a guéri ?

— On va dans un bar ? On y sera mieux pour bavarder.

— D'accord.

Plein, le bar ! Une radio qui transmettait un match de football. Des femmes frétillantes distribuant des sourires. Des hommes graves buvant calmement, avec cette joie sereine que donne la plus sainte des vertus : l'imbécillité.

Ils s'étaient réfugiés à une table dans un coin. Paulo Rigger n'était plus le même garçon élégant qu'à son arrivée d'Europe. Il se souciait peu de ses vêtements, plein de problèmes qu'il était, tout subjectivité. Malgré ça les femmes le regardaient. Le docteur Paulo Rigger ne possédait-il pas de grandes fazendas ?

— Se peut-il que la philosophie… ?

— Oui…

— Tu te rappelles Pedro Ticiano, José Lopes ? Il disait que l'on vit pour vivre. Qu'on ne trouve le calme, si relatif soit-il, qu'en cessant de désirer. En devenant indifférent… Ne rien vouloir… Le Super-Bouddha… Ticiano était arrivé à cette perfection. Nous, hommes de notre siècle, nous n'idolâtrons pas comme lui le doute. Nous le combattons. Et nous combattions Pedro Ticiano. Nous avons tenté de découvrir le *sens* de l'existence. La *fin* pour laquelle nous vivons. La Félicité, si tu préfères. Toi, tu disais qu'elle se trouvait dans la vérité philosophique. Ricardo Brás répliquait que seul l'amour-sentiment pouvait nous montrer *la route du port*. Parce que seules les choses naturelles contenaient le *sens* de la vie… Je pensais comme lui et j'ai cherché la Félicité dans l'instinct. Nous avons échoué. Je ne parle pas de Jerônimo car, médiocre, il n'est pas de ces hommes insatisfaits. Leur insatisfaction à tous n'est que le reflet de la nôtre.

— Oui...

— Nous avons échoué et tu m'as dit, le jour de la mort de Ticiano, que tu n'attendais plus rien de la philosophie... que tu avais renoncé...

— On a le droit d'avoir des jours de découragement.

— Tu m'as dit que tu ne désirais rien. Que Pedro Ticiano, avec son scepticisme d'avant-guerre, avait raison. Que la vérité, c'est le doute. Que tu étais dans son camp...

— Un jour de découragement, je te répète. Mais je n'ai jamais renoncé à trouver dans la philosophie des forces pour vaincre l'insatisfaction, pour résoudre le problème...

— Tu les as trouvées ?

— Je les ai trouvées. La culture philosophique suffit à nous rendre sereins...

— La sérénité est la falsification...

— ... de la Félicité, je sais. Mais la Félicité absolue n'existe pas. Pas même pour les *ânes*. Pas même pour les animaux. Encore moins pour nous autres ! Ce qu'il faut, c'est la sérénité. Sérénité que le mariage n'a pas donnée à Ricardo Brás, que les instincts t'ont refusée...

— Mais qu'a atteinte Pedro Ticiano avec le scepticisme.

— C'est-à-dire avec un principe philosophique.

— Celui de ne pas avoir de philosophie…

— Ce qui est encore une attitude philosophique…

— Et c'est cette attitude que tu as adoptée ?

— Non.

— Alors je ne comprends pas comment tu peux être serein. Qui possède la vérité ? Toi ou Pedro Ticiano ?

— Tu parles de cette vieillissime vérité qui a traversé les siècles au fond d'un puits ? Celle-ci, mon ami, elle y reste. Et, comme disait Ticiano, je n'irai pas l'en retirer. Je laisse à d'autres cette tâche ridicule…

— Je comprends de moins en moins…

— C'est que la vérité est une chose très relative. Il doit exister une vérité particulière pour chaque homme. Ce qui donnera à chacun la sérénité est pour lui la suprême vérité…

— C'est-à-dire que n'importe quel système philosophique résout le problème de nos doutes ?

— Oui.

— C'est incroyable !

— C'est une question de sentiment… Tu as besoin de Dieu, tu arrives au thomisme. Tu es serein. La vérité philosophique du thomisme est pour toi la grande vérité…

— Tu es thomiste ? Tu m'as toujours dit…

213

— Non. Je suis arrivé au pôle opposé. Je suis matérialiste...

— Et ton besoin de croire ?

— Au lieu de croire en Dieu, je crois en l'Humanité. Je veux son Bonheur...

— Tu es...

— ... communiste...

— Pas possible...

— C'est vrai.

— Mais le communisme a d'innombrables défauts, José.

José Lopes prit un air grave d'avocat préparant sa plaidoirie. Paulo Rigger éclata de rire.

— Tu te moques de moi...

— J'en suis incapable.

— Alors tu aimes toute l'Humanité ?

— Comme l'a fait le Christ... Bouddha également... Et, quant aux défauts, le communisme en possède. Mais les qualités l'emportent...

— Mais tu te feras l'égal de tous les imbéciles...

— Pour l'instant, ils sont tous supérieurs à moi...

— Et la famille ?

— Je n'en ai pas, tu le sais bien.

Il poursuivit :

— D'ailleurs, il faut en finir avec les préjugés du peuple. Renverser les églises, renverser

les idoles, couper des têtes. Et le gouvernement des élites ?

— Des élites de marins...

— Celles d'aujourd'hui sont des élites
d'analphabètes et de crétins...

— Et tu crois en l'Humanité ? en ses bons
sentiments ?

— Oh non ! Je crois aux sentiments. Pas à
ce qu'on appelle vulgairement les bons sentiments. Nous allons élever les mauvais. Les
cultiver.

— Et le mouvement spiritualiste ?

— Simple réaction...

— Je sens de plus en plus fort la nécessité
de croire...

— Ce qui ne veut pas dire que tu sentes la
nécessité de croire en un être supérieur. Crois
aux hommes, aux choses matérielles. Rap-
pelle-toi que j'ai pensé comme toi...

— Tu veux me convertir ? Je ne ferais pas
un bon communiste. J'aime m'habiller bien.

— Et tu es riche. Je ne cherche pas ta
conversion. Tu es un grand bourgeois. Tu dois
nous combattre...

— Moi ? Non. Que le monde tourne. Je
suis arrivé à la suprême infélicité... Je suis
bien le représentant de ma génération. La génération qui souffre. Qui assiste aux derniers
soupirs de la démocratie et aux premiers va-
gissements du communisme. Une génération

trait d'union. Une génération de la souffrance. Je suis perdu dans la nuit du doute. Je
m'y enfonce de plus en plus. Des bras invisi-
bles m'étreignent. Finalement, j'ai besoin de
n'importe quoi...

— Je comprends parfaitement.

— Et je sens que cette sérénité de Pedro
Ticiano, qui est la tienne, ne me suffit pas.
Seuls peut-être mes petits-enfants résoudront
le problème. Toute génération qui entre-
prend une lutte est une génération qui souffre. Nous avons entrepris la lutte contre le
doute...

La radio hurlait les miracles d'une sainte
qui était apparue dans une ville de l'intérieur
du Minas Geraís.

— Ce peuple mystique n'acceptera jamais
ton système politique.

— Ce mysticisme aide.

— Nous, Brésiliens d'aujourd'hui, nous
sentons en nous des millions de tares. Nous
souffrons pour nos grands-parents et pour
nos petits-enfants...

— La solution...

— Un suicide général...

Paulo Rigger se tut, exténué. De son large
front coulait une sueur froide. José Lopes,
triste, avait le regard perdu au fond du bar.

— Cette vie...

Il étreignit Paulo Rigger. Il allait à la maison d'un *camarade*, un cordonnier. Et il confia à son ami, à l'oreille :

— On doit se trouver un principe, un idéal, se donner au moins le change. Je me donne le change avec cette affaire de communisme. C'est pourquoi je te fuis. Tu me montres la réalité, m'accables de tristesse. Moi maintenant, je soigne même la tuberculose qui me guettait... Tu vois... Je deviens sage... Peut-être deviendrais-je même *bête*...

Paulo Rigger le suivit du regard jusqu'au bout de la rue.

Il murmura d'un air tragique :

— Le malheureux...

Il but son cognac.

— Le malheureux...

★

Il résolut de repartir pour l'Europe. Quand il avait débarqué au Brésil, élégant, sceptique, démolisseur, chargé de rêves, il avait pensé réaliser de grandes choses. Il serait un écrivain connu, un homme politique éminent. Il avait échoué... Il était seulement un insatisfait, malheureux, après avoir subi une tragédie amoureuse et avoir tenté de se suicider. Il retournerait à Paris, pour oublier. Qui sait s'il ne trouverait pas à nouveau le calme ? Il vivait dans une nervosité intense, dernièrement. Il se soignerait en Europe. Lirait beaucoup. Peut-être la philosophie...

— Foutaises...

Sa mère protesta. Il était arrivé *la veille*... Il concilia tout. Elle irait également connaître l'Ancien Monde. Il passa la matinée à lui en décrire les merveilles. Elle fut convaincue. Ils décidèrent qu'il irait à Rio acheter le nécessaire et, au passage du navire par Bahia, elle embarquerait.

À Rio, Paulo Rigger se sentit plus apaisé. Dans l'intensité de cette ville formidable, il ne se rappelait plus autant sa tragédie amoureuse. Maria de Lourdes s'assoupissait dans son cerveau. À peine le doute de tout, l'insatisfaction de toujours, la hantise d'un bien inconnu...

Il lisait les journaux. Des garçons fondaient des légions fascistes, le parti communiste prenait de l'ampleur. Matérialistes et catholiques discutaient des décrets du gouvernement, relatifs à l'enseignement.

L'insatisfaction se faisait jour dans les colonnes des journaux, le doute pesait sur la face des jeunes gens.

— Je crois qu'il va y avoir un grand malheur...

Les quotidiens annonçaient que le peuple accourait dans l'intérieur du Minas Geraís où une sainte guérissait. Faits divers. Détails voluptueusement lus.

Paulo Rigger avait envie de les étrangler tous. Pourquoi ne trouvaient-ils pas le bonheur ? N'oubliaient pas leurs problèmes ? N'étaient-ils pas très bons ? Il aurait voulu être bon. Les aider tous. Il ne pouvait pas. Il haïssait ses semblables. Ne leur pardonnait pas leur imbécillité...

— J'ai été l'aventurier de la Félicité... Pauvre Don Quichotte !

*

— Quel jour vous avez choisi pour voyager, patron... Dimanche de Carnaval...

Et le porteur noir se désolait. Il n'entendait pas, enfermé en lui-même, sombre. Il descendit. Appela un taxi.

— Menez-moi au port.

— À quelle heure voulez-vous y être, senhor ?

— Dans quarante minutes.

— Impossible, déclara le chauffeur. Un jour de Carnaval on met des heures et des heures à traverser l'Avenue.

— Menez-moi jusqu'où vous pourrez. Je ferai à pied le reste du chemin...

Il descendit de l'automobile et entreprit d'éviter la foule en folie. On sambait dans les rues. Paulo Rigger, son chapeau écrasé dans les mains, les cheveux en révolution, les yeux brillants, furieux, se frayait un chemin à coup de poing et de coude.

— Écartez-vous, diable !

— Hé, mon Blanc, on va samber...

La mulâtresse l'attira. Les nombrils s'unirent. Elle se cambra, voluptueuse.

— Laisse-moi, négresse !

Il s'arracha de là, fendant la masse.

— Finalement peut-être ce peuple a-t-il raison. Tout est peut-être dans le Carnaval...

— Quel costume !...

Et la jeune fille, hystérique, lui lançait de son lance-parfum.

— Que le diable vous emporte !

Et il se voyait encore plus malheureux. Quand il était arrivé d'Europe, tout instinct, il savait connaître la Chair. Aujourd'hui, il était doute uniquement...

Il atteignit le navire au dernier moment. Peu de passagers, des Anglais et des Argentins admirant la ville qui se revêtait d'ombre. La nuit avait pris possession de Rio de Janeiro. Sur le pont, Paulo Rigger comparait la ville carnavalesque, plongée dans les ténèbres, à son âme.

Soudain, la lumière se fit dans la ville qui apparut, brillante, sortant des ténèbres. Le navire s'éloignait insensiblement...

Paulo Rigger, nerveux, lèvres serrées, regarda. Sur le Corcovado, le Christ, les bras ouverts, paraissait bénir la ville païenne. La tristesse grandit dans les yeux de Paulo Rigger. Il leva les bras en un geste de suprême désespoir et murmura, fixant la statue gigantesque :

— Seigneur, je veux être bon ! Seigneur, je veux être serein...

Au loin disparaissait le Pays du Carnaval...

Rio, 1930.

DU MÊME AUTEUR

Aux Éditions Gallimard

BAHIA DE TOUS LES SAINTS («Folio», *n° 1299*). Nouvelle édition en 1978.

CAPITAINES DES SABLES («L'Imaginaire», *n° 141*).

LE PAYS DU CARNAVAL («Folio», *n° 4012*)

CONVERSATIONS AVEC ALICE RAILLARD.

NAVIGATION DE CABOTAGE. Notes pour des mémoires que je n'écrirai jamais («Folio», *n° 3088*)

Au Éditions Flammarion

MAR MORTO.

Aux Éditions Stock

LES DEUX MORTS DE QUINQUIN LA FLOTTE.

LE VIEUX MARIN.

TEREZA BATISTA.

LA BOUTIQUE AUX MIRACLES.

TIETA D'AGRESTE.

GABRIELA, GIROFLE ET CANNELLE.

DONA FLOR ET SES DEUX MARIS.

LES PÂTRES DE LA NUIT.

LA BATAILLE DU PETIT TRIANON.

LE CHAT ET L'HIRONDELLE.

CACAO.

TOCAIA GRANDE.

YANSAN DES ORAGES.

LA DÉCOUVERTE DE L'AMÉRIQUE PAR LES TURCS.

Aux Éditions Messidor

L'ENFANT DU CACAO.
LES SOUTERRAINS DE LA LIBERTÉ.
LE BATEAU NÉGRIER.
L'INVITATION À BAHIA.

Aux Éditions ILM

LA BALLE ET LE FOOTBALLEUR.

Aux Éditions du Temps des Cerises

DU MIRACLE DES OISEAUX.
LES TERRES DU BOUT DU MONDE («Folio», *n° 2313*).
   Nouvelle édition en 1994.
LES CHEMINS DE LA FAIM («Folio», *n° 2726*). Nouvelle
   édition en 1994.
LA TERRE AUX FRUITS D'OR («Folio», *n° 2726*). Nouvelle
   édition en 1995.
SUOR («Folio», *n° 2314*). Nouvelle édition en 1994.

Composition Nord Compo
Impression Novoprint
à Barcelone, le 24 octobre 2010
Dépôt légal : octobre 2010
Premier dépôt légal dans la collection : mars 2004

ISBN 978-2-07-031437-9./Imprimé en Espagne.

180618